AF211000

Gitta Gampe

Bruce Held

## *Der Bär im Haus*

Geschichten aus dem Leben eines
überforderten Plüschbären

Bibliografische Information der Deutschen Nationalbibliothek: Die Deutsche Nationalbibliothek verzeichnet diese Publikation in der Deutschen Nationalbibliografie; detaillierte bibliografische Daten sind im Internet über dnb.dnb.de abrufbar.

Verlag: BoD · Books on Demand GmbH, Überseering 33, 22297 Hamburg, bod@bod.de

Druck: Libri Plureos GmbH, Friedensallee 273, 22763 Hamburg

ISBN: 978-3-7693-2480-8

Gitta Gampe

# Bruce Held

# Der Bär im Haus

Geschichten aus dem Leben eines
überforderten Plüschbären

## Der Bär

Bruce ist waschbar, mittelbraun und außerordentlich gutaussehend. Er hält sich für einen Rassebären und neigt gelegentlich zu Übertreibungen. Sobald er durch den Verkauf seiner Bücher reich geworden ist, wird er sich einen Porsche kaufen.
Das kann aber noch dauern.


## Das Buch

Wie in jedem Jahr gelingt es Bruce auch dieses Mal, sich vor den anfallenden Arbeiten in Haus und Garten erfolgreich zu drücken. Er könne sich schließlich nicht um alles kümmern, die Befindlichkeiten von gutgläubigen Mäusen, durchtrainierten Asseln und sensiblen Druckern, um die notwendigen Renovierungen, kindergesicherte Gefahrgutflaschen, Storchbratrezepte, Hühner mit Liebeskummer, überaktive Maulwürfe und was sonst noch alles so anfällt.
Er wäre auch nur ein Bär!

# Ich bin ein Hausbär

**N**eihein. Ich kann jetzt nicht. Weil ich gerade eine gute Idee habe. Für ein neues Buhuch!

Stimmt, genau wie jedes Jahr um diese Zeit, das hast du sehr gut beobachtet, Mama[1]. Ich kann doch nichts dafür, dass meine guten Ideen zeitlich immer mit den Blättern zusammen fallen. Und wieso fallen die Blätter eigentlich genau dann, wenn ich gerade eine neue Idee habe? Ha! Das frag mal die Blätter. Siehste, und die sagen nichts, die rascheln nur vor sich hin. Die sind doch schuld. Ich bin ein Hausbär, und wie der Name schon sagt, dadurch für Tätigkeiten außerhalb des Hauses denkbar ungeeignet. Denk nur mal an mein Fell, wie das schon gelitten hat in diesen Jahren, seitdem ich bei dir bin!

Ja, ich weiß, du bist ganz schlimm erkältet und brauchst

---

1 Ich nenn sie *Mama*. Meine richtige Mama, also meine Näherin, lebt in China.

meine Hilfe. Ist schon klar. Ich bin hier der Bär im Haus und somit für alles zuständig, was du ohne meine Hilfe nicht hinkriegst. Was? Ich soll dir eine Suppe kochen? Am Besten aus einem Huhn? Wie sieht das denn aus, so ein Huhn? Aha. Klein und handlich bis mittelgroß und mit Federn dran, zwei dünne Drahtbeine.

*Schreibt sich das auf einen Spickzettel. Mit Zeichnung.*

Gut, ich geh mal gucken, ob ich draußen so was finde, das aussieht wie ein Huhn.

*Will das schnell hinter sich bringen, flitzt in den Garten.*

Boah, ist das kalt. Hätte ich bloß meine Übergangsjacke angezogen. So, wie war nochmal der Auftrag?

*Sucht seinen Spickzettel. Stellt beiläufig fest, dass er überhaupt keine Übergangsjacke besitzt.*

Huhn, ach ja. Drahtige Füße. Oh, schön, dass Ihr gerade mitlest.[2] Nun suche ich also ein Huhn. Ja prima, sucht mal mit. Kann doch nicht schwer sein, so ein Ding zu finden.

*Ruft ins Haus.*

Wie wird denn dann aus dem Huhn eine Suppe?

Ok, erklärst du mir später, auch gut. Mir wird meistens überhaupt nichts erklärt, bin froh, dass ich ab und zu heimlich an den Rechner komme und alles gugeln kann.

---

2  *Winkt seinen Leser:innen zu!*

Hier ist so ein Haufen, ein Erdhaufen! Mama! Vielleicht hat sich da ein Huhn drin versteckt. Oh, guck noch ein Erdhaufen, ganz schön groß, das war bestimmt ein riesiges Huhn. Wie groß soll das Huhn denn sein? Egal? Auch gut. Mmh.

*Setzt sich vor den Erdhaufen und wartet auf das Huhn.*

Vielleicht kommt es wieder mal raus, um nach dem Wetter zu gucken. Ich hab mal was von Wetterhähnen gelesen. Mama willst du vielleicht einen Wetterhahn? Nicht? Frauen sind immer so wählerisch.

*Wartet. Fröstelt. Wartet.*

Mama, das Huhn ist vielleicht gerade reingegangen, dem war es bestimmt auch zu kalt. Kann ich auch wieder reinkommen?

*Guckt weinerlich.*

Danke!

*Flitzt schnell wieder rein.*

Oh, tut mir leid, wegen der Erde auf dem Teppich, die hatte ich wohl von dem Erdhaufen unter meinen Plüschfüßen. Ach, der ist nicht von einem Huhn? Ich mach das später wieder sauber. Sofort? Na toll, da will man einmal helfen, wegen Erkältung, Suppe, Huhn und überhaupt. Und dann sollst du als Hausbär plötzlich die ganze Wohnung putzen. Und wenn ich so ein Huhn gefunden hätte? Ins Wasser? Ach – und ich hätte es vorher töten müssen?

Gerät bedenklich ins Schwanken.

Wie? Ich sei doch schließlich ein Bär? Also angenommen, nur mal angenommen, ich hätte so ein Huhn gefunden, dann hätte ich doch mit dem erst mal ein nettes, unverbindliches Gespräch angefangen. Wie es heißt, wo es herkommt, was es von den aktuellen Konflikten auf der Welt hält und solche Sachen. Worüber Bären eben mit ihnen nicht bekannten Hühnern so sprechen, um erst einmal eine Vertrauensbasis zu schaffen.

Ich müsste es irgendwie davon überzeugen, dass es sich schon mal selbst die Federn vom Leib zupft. Ich hätte das nämlich nicht gekonnt, hab ja keine Daumen. Daumen sind manchmal sehr hilfreich, glaub ich. Dann müsste das Huhn irgendwie sterben. Am besten wäre es eines von der Sorte gewesen, das sowieso nicht mehr hätte leben wollen. Vielleicht aus Liebeskummer wegen eines verheirateten Wetterhahnes, der schon drei uneheliche Eier irgendwo hat und sich beharrlich weigert, dafür Alimente zu zahlen. Kennt man ja, diese windigen Lebehähne[3]! Immer nur auf ihr Vergnügen aus, egal von wo der Wind weht! Oft treiben die sich dann in diesen Legebatterien rum und machen da die Hennen verrückt!

Möglicherweise hätte das vom Leben und der Liebe ent-

---

3 Nicht zu verwechseln mit Legehennen! Das ist ne ganz andere Geschichte!

täuschte Huhn auch Zahlungsschwierigkeiten gehabt, vielleicht wegen eventueller Schulden bei Amazon. Keine Ahnung, was Hühner da so normalerweise bestellen. Vielleicht Eierwärmer oder Eieruhren zum Um-die-Krallen-Binden, damit können sie ihre Schritte zählen und den Puls messen. Oder vielleicht bestellen sie auch Hühneraugensalbe, wer weiß das schon. Was eben Hühner so für Probleme haben. Und so ein Huhn musst du erst mal finden. Im Garten. Bei der Kälte.

Ach? Und der Erdhügel wäre von einem Maulwurf? Wieso Maulwurf? Wohl eher ein Erdwurf. Das muss ein riesiges Tier sein! Guck dir mal diesen beeindruckenden Erdhügel an! Ja, komm ans Fenster, guck! Wie, der ist blind, der Maulwurf? Na ja, wenn du sagst, der wohnt unter der Erde, ist der wahrscheinlich gar nicht richtig blind, der kann im Dunkeln einfach nur nichts erkennen. Da siehste ja die Tatze vor der Plüschnase nicht. Und der sieht auch nichts, wenn er oben seine Erde so raus schaufelt? Ist ja spannend. Ich schreib das schon mal mit. Maulwurf – blind. Ach, und der hätte sehr niedlich ausgesehen, wenn ich ihn denn gesehen hätte? Dichtes schwarzes Fell, dichter als meins? Viel dichter? Und pechschwarz? Und glänzend? Boah und blind. Der Arme, wenn der dann mal ne Partnerin sucht, kann er ja nur nach seinem Tastgefühl gehen, ob sie die Richtige für ihn wäre. Auf die Angaben bei Bärship oder Elite-Plüschies kann man sich als blinder Maulwurf auch nicht verlassen.

Bei der Partnersuche hätte ihm vielleicht ein befreundeter Maulwurf helfen können. Ach ne, der wäre ja auch blind gewesen, meine Güte, das ist aber auch kompliziert. Wäre er denn für deine Suppe geeignet gewesen? Nicht? Aber das nackte Huhn? Mmh.

Weil mir das keine Ruhe ließ mit dem blinden Gesellen, hab ich dazu verschiedene Fachbücher gewälzt. Einige Maulwurf-Experten schrieben, dass der Maulwurf einen sehr regen Stoffwechsel habe, also mit anderen Worten, er vertilgt ziemlich viele Kleintiere.[4] Um es in aller Deutlichkeit zu sagen, er frisst sehr viel und pupst entsprechend auch oft und heftig. Diese Gase müssen irgendwo hin entweichen, und weil er kein Klofenster hat, das er öffnen könnte, muss er eben die Hügel schaufeln, die nach oben offen sind, um dort seine Pupser raus zu lassen. Deswegen ist es auch sinnlos, die Haufen platt zu machen. Wenn es ihm nämlich in seiner Bude zu stickig wird, macht er einfach neue. Andere Experten glauben zu wissen, dass die Maulwürfe auch deswegen so viel Erde aufwerfen, um den blinden Maulwurfdamen zu imponieren. So nach dem Motto, schau, was ich für riesige Haufen machen kann! Und wieder stellt sich mir die Frage, wenn auch die Maulwurfmädels blind sind, wie merken die denn, dass der hormongesteuerte Maulwurf sich die Schaufeln wund buddelt, nur um der Schönsten aller Maulwurfdamen zu gefallen?

---

4 *Macht sich etwas größer.*

Aber zurück zum Thema, liebe Mama. Ich finde, du siehst schon viel besser aus, auch ohne das tote Huhn im Suppentopf.

*Schickt Örli[5] zum Metzger unseres Vertrauens.*

Örli, da kaufst du bitte Hühnersuppe, die gibt es da im Glas und die ist sehr gut. Und die ist auch anonym, da guckt dich kein Huhn aus vor Liebeskummer verweinten Augen an. Dann können wir diese unsägliche Aktion, *Bruci sucht ein Huhn* endlich beenden. Hatte ich nicht mal ein Rezept für gebratenen Storch?

*Sucht in seinem Schuhkarton in dem er alle wichtigen Sachen aufbewahrt.*

Irgendwo hatte ich doch das Rezept. Das finde ich jetzt nicht, muss ich eben versuchen, mich so dran zu erinnern. Zuerst musst du nämlich mal einen Storch aufstöbern. Das ist auch schon wieder schwierig. Ich glaub die sind alle gerade im Süden, weil es da wärmer ist. Sehr schlau die Störche.

Die Hiergebliebenen sind wahrscheinlich zu alt zum Fliegen. Oder sie denken sich, ach, hier ist es doch ganz schön, und so kalt wird es schon nicht werden. Das sind die Optimisten unter den Störchen. Die sind bestimmt auch nahrhafter als die Älteren. So einen könnte man doch nehmen, denke ich. Dann wieder die alte Problematik, wie überrede

---

5  Örli ist einer meiner Brüder.

ich den Storch, dass er sich ein paar Karmapunkte verdienen kann, indem er freiwillig aus dem Leben scheidet. Für einen guten Zweck, sozusagen. Ein schwieriger Punkt, den stelle ich erst mal zurück.

Genau wie Scarlett O`Hara das auch macht, in *Vom Winde verweht*. Ach, ist das ein schöner Film! Mama hat ihn unzählige Male gesehen. Sie kann alle Rollen mitsprechen. Für diejenigen unter Euch, die den Film nicht kennen, hier meine Zusammenfassung. Die anderen blättern einfach weiter und verpassen dadurch aber auch die Ansichten eines gutaussehenden Plüschbären zu den bewegendsten Liebesfilmen der Welt.

*Setzt sich gemütlich aufs Sofa und zieht sich die Wolldecke über die Plüschfüße.*

Also, Scarlett ist eine amerikanische Südstaatenschönheit, die sich in einen Mann verliebt, der aber eine andere liebt, dafür wird sie aber von einem Mann geliebt, der sie eigentlich erst mal nicht liebt, dann aber doch, und als sie diesen dann auch liebt, liebt er sie nicht mehr, oder doch, dass kann man irgendwie nicht so genau sagen.

Boah, ich sage Euch, das ist wirklich so schön anzusehen. In dem Film ist alles drin, Liebe, Eifersucht, Krieg, Babys kriegen, Leben und Sterben. Das Ganze geht vier Stunden lang und wir lieben diesen Film.

Und wie kam ich nun darauf?

Ach so, ja, wegen des Storchenproblemes, das ich auch jetzt noch mal zurückstelle. Nun habe ich den Zusammenhang wieder.

Also, die entzückende Scarlett hat also nun den Mann, der sie endlich wirklich liebt, so verärgert, dass er nach vier Stunden im Nebel des Studios in Hollywood verschwindet. An der Stelle müssen wir immer weinen. Jedes Mal! Zuerst dachten wir noch, na ja, bestimmt kommt er gleich wieder zurück. Aber nun, nach jahrelangem Gucken wissen wir, er kommt nicht zurück.

Scarlett ist also völlig verzweifelt und auch wütend. Und genau das ist der Punkt, weil sie ihn im Nebel verschwinden sieht und endlich merkt, dass sie wohl doch einiges falsch gemacht hat, beschließt sie, dieses Problem, wie sie ihn unbedingt zurück gewinnen kann, erst einmal zurück zu stellen. Deswegen will sie sich nun sinnvollerweise mit dem Wiederaufbau ihrer herrlichen Plantage im Süden Ambärikas widmen. *Tara* heißt die Scholle, also die Plantage, und da hat sie ne Menge Arbeit, das kann ich Euch sagen! Da wäre sie aber allein schon mit Blätter harken schon wochenlang beschäftigt. Und dann noch die ganze Baumwolle! Auf den Feldern da im Süden Ambärikas wächst nämlich die Baumwolle auf riesigen Feldern, die auch noch gepflückt werden muss.

Ich habe übrigens auch geringe Anteile von Baumwolle im Fell, aber meinen Waschzettel hat Mama damals, als ich sie bekam ziemlich schnell raus getrennt. Sie meinte, das wäre für mich diskriminierend. Sie hätte auch keinen Waschzettel irgendwo an ihrer Hüfte. Sie wisse auch so, bei welcher Temperatur sie duschen sollte. Und in die chemische Reinigung will sie auch nicht. Wo war ich? Ach ja, bei der Scholle auf *Tara*.

Das kann ich beurteilen, das mit der Scholle! Nein, das ist kein Fisch, das ist die herrlich braune, fruchtbare Erde auf *Tara*. Wenn ich Mama so vom Fenster aus beobachte, wie sie da in unserem Garten arbeitet, da bin ich ja schon fix und fertig allein nur vom Zugucken. Und dabei sieht Mama auch nicht im Entferntesten so fotogen aus wie Scarlett O`Hara.[6] Mama trägt dann immer diese unsägliche graue Hose, das uralte Shirt, das auch schon mal bessere Zeiten hat, und dann diese ***geschwärzt***

Ok, ich habe verstanden, sie will nicht, dass ich das aufschreibe.

*Sucht sein Radiergummi.*

Aber zurück zum Rezept „Gebratener Storch". Unbedingt notwendig dafür ist eine entsprechend große Auflaufform. Wahrscheinlich kriege ich den Storch nicht im Ganzen in den Backofen. Vermutlich müsste ich ihn erst zerteilen. Aber ich darf kein Messer benutzen! Messer, Gabel, Schere, Licht sind für kleine Hausbären nicht. Was reiche

---

6 Und „Vom Winde verweht" ist nur ihr silbernes Haar.

ich dazu, angenommen, das Zerteil- und Bratproblem würde sich lösen? Rotkohl, Klöße? Fragen über Fragen. Ich leg mich nochmal etwas hin. Dabei kann ich am Besten nachdenken.

Na toll, nun ist meine Idee fürs neue Buch verschwunden. Hier kommste zu nix, immer ist irgendwas Dringendes zu machen.

*Blättert in seinen Notizen.*

Also gut, dann reden wir erst einmal über meine sehr verantwortungsvolle Funktion, ich bin nämlich hier der Bär für alles im Haus! Und nein, ich ersetze nicht den Zimmermann oder sonst irgendeinen Handwerker, wie diejenigen vermuten könnten, die dieses alte Sprichwort noch kennen. Ich bin mehr so in beratender Funktion tätig.

Neulich bei der Aktion, „Wir räumen hier jetzt mal alles durcheinander und streichen dabei gleichzeitig alle Wände", konnte ich mich auch erfolgreich drücken. Obwohl es Frühling war, also nix mit Blätterfallen und der Ausrede, ich müsse dringend über irgendwas nachdenken. Ich hab mich raus reden können mit Pollenallergie, wegen Frühling und so. Und meine große Nase wäre auch besonders empfindlich. Kam ich mit durch.

*Grinst verschlagen.*

Riesige Schränke hat sie allein auseinander gebaut, der

Kreuzschlitzschraubenzieher war im Dauereinsatz. Ist das nicht ein fantastisches Wort? Kreuzschlitzschraubenzieher! Falls ich es im weiteren Verlauf noch mal brauche, werde ich es abkürzen, KSSZ. Schreibt Euch das bitte auf.

Schranktüren, Rückwände, alles hat sie ganz allein nach draußen geschleppt. Wenn eine Frau etwas will, dann schafft sie das auch. Wenn sie es aber nicht will, dann ist sie auf einmal sehr kraftlos und kann ziemlich hilflos aussehen, also äußerlich. Und dann kann sie plötzlich nicht mal mehr ein Huhn draußen zwischen den Schollen allein finden oder sich einfach eins im Glas kaufen. Merkt Euch das, lasst Euch nicht täuschen. Ich weiß Bescheid.

Ich war sehr stolz auf sie, wie ich ihr vom Fenster aus so zugesehen habe, also, wie sie die hohen Schrankteile raus schleppte. Ich hätte auch nicht helfen können. Ich bin zwar ein Hausbär, aber einen Handwerker kann ich nun mal beim besten Willen nicht ersetzen. Man muss seine Grenzen kennen! Und verteidigen! Ich war dann mehr bei der Farbberatung aktiv. Resedagrün, hellbärenbraun, altrosa oder mauve standen zur Auswahl. Fragt mich nicht, was mauve ist. Spricht sich moohw, glaub ich.

Sie kam mit einer Unmenge von diesen kleinen, niedlichen Farbkarten aus dem Baumarkt zurück. Die hielt sie dann morgens und abends an die entsprechende Wand, um zu sehen, wie die Farbe bei unterschiedlicher Beleuchtung aussehen würde. Das mit dem Grün ist es dann geworden. Wer diese Reseda ist, weiß ich auch nicht, sieht aber ganz gut aus. Bei hellbärenbraun hätte ich einige Kumpels in der Farbe sofort benennen können. Mein Freund Scarf z.B. ist auch hellbärenbraun. Der ist mittlerweile schon in Rente und kommt kaum noch vor die Tür. Manche Bären sind aber auch einfach nur ausgeblichen, das sollte man ihnen aber nicht so ins Plüschgesicht sagen, wegen ihrer empfindsamen Plüschseele. So eine Ausbleichung hat meist eine lange Vorgeschichte.

Wobei die Bären mit den frischen Farben und dem weichen Fell viel mehr zu bedauern sind. Vitrinenbären. Ungeliebt. Manchmal auch etwas arrogant. In meinem Freundeskreis hab ich die gar nicht. Weil die aus ihrer Vitrine nicht herauskommen, können sie nicht mit uns anderen in Verbindung treten. Da müsste man mal was organisieren, aber ich kann auch nicht überall sein.

*Fühlt sich manchmal überfordert. Vitrinenbären, Weltfrieden, Hühnersuppe.*

Ich bin auch ständig in Sorge wegen meines Felles. Immer wieder ist mir mein Bruder Chulio ein mahnendes Beispiel, wie gut ich hätte aussehen können, wenn ich hier zu Hause auf dem Sofa geblieben wäre, und nur ab und zu auf Wunsch einer einzelnen Dame spanische Schnulzen gesungen hätte.

Na ja, aber andererseits war meine Reisezeit auch eine

sehr spannende Erfahrung. Klar, auf manche Abenteuer hätte ich gut verzichten können. Wenn ich da an „Vergessen im Taxi" denke! Das war mit Abstand das Schlimmste, was ich je erlebt habe. Oder diese Hunde, wo alle immer sagen, der tut nix, der will nur spielen. Und dann biste plötzlich völlig eingesabbert und musst wieder in die Waschmaschine. Also ich nicht der Hund. Und genau das ist die größte Ungerechtigkeit. Oder, ach wie süß diese Katze, wie sie da um Bruci herumschleicht. Schwupps, hatte ich ihre Krallen im Gesicht! Das ist nicht lustig und auch nicht niedlich! Und wenn sie mich verschleppt hätte? Na? Dann wäre aber das Geschrei groß gewesen.

Oder wenn mich kleine Mädchen plötzlich als ihr Eigentum betrachten, nur weil ich mal kurz mit ihnen kuscheln wollte, weil sie so traurig waren. Bei traurigen kleinen Mädchen werde ich schwach. Schwupps rennen sie mit mir im Arm weg! Oder wenn ich auf Langstreckenflügen in der eiskalten Ablage zusammengequetscht zwischen Jacken und Laptops stundenlang aushalten muss. Oder mal schnell ein Foto am Strand, Bruci, leg dich nur mal kurz da hin, platsch, kam die Welle und ich hatte nasse Füße. Oder ich hänge kopfüber an einem Abgrund, wurde nur an einem Bein festgehalten. Ja, hinterher fand ich mich auch toll auf dem Foto. Ach ja, das war in Kroatien, die Brücke von Mostar. Kann man heute auch nicht mehr hinfahren, alles sehr schwierig geworden in diesen Zeiten.

*Kriegt schon wieder dieses nervöse Vibrieren in den Drahtseilnerven*

Ach, und in Marokko, ich mit der Würgeschlange um den Plüschhals. Für ein Foto!

*Betrachtet mit einer Mischung aus Stolz und posttraumatischem Zittern das Foto.*

Mama musste dafür sogar noch bezahlen! Ey, das Geld hätte ich besser in meine Porschespardose[7] gesteckt! Andererseits, um ehrlich zu sein, war der Würgeschlangenbesitzer mit einer Anzahl von Werbekugelschreibern als Bezahlung hochzufrieden. Ach, da fällt mir noch das Abenteuer in Gibraltar ein. Der Reiseführer im Bus warnte eindringlichst davor, wenn wir aussteigen, dass wir keine, ich wiederhole, keine Wertsachen bei uns tragen sollen.

Weil die Affen sich alles schnappen würden, was nicht niet- und nagelfest wäre. Ich hab genau zugehört und war schon schweißgebadet allein bei der Ankündigung, wie gefährlich diese Affen sind. Ihr ahnt es, oder habt mein Buch gelesen, weiß gerade nicht, in welchem ich darüber geschrieben habe, ach ja, wahrscheinlich in „Stierbekämpfer". Natürlich muss ich mit ihr[8] aus dem Bus direkt in die Gefahrenzone. Ich weiß nicht mehr, was schlimmer war, ihr

---

7 Für die, die es noch immer nicht wissen: Wenn ich reich bin, werde ich mir einen Porsche kaufen. Dauert aber noch.

8 Meiner Abenteuer-Mama!

fester Händedruck um meinen Bauch oder meine Angst, als ich schon die ersten Affen sah, die sich mir begehrlich näherten! Entspannt Euch, wie Ihr seht oder besser gesagt, gerade auch hoffentlich erleichtert lest, habe ich auch das überstanden. Aber manchmal wache ich noch mitten in der Nacht auf und versuche mich gegen die Affen von Gibraltar zu wehren! Und ich habe weder Krallen noch Zähne von Bärenkräften ganz zu schweigen. Und ein richtiger Held bin ich eigentlich auch nicht.

*Guckt betroffen. Zieht sich seine Wolldecke etwas höher über den Plüschbauch.*

Na ja, manche Abenteuer erwiesen sich dann auch als sehr angenehme Begegnungen. Die riesengroßen Kamele in Marokko sahen zwar sehr gefährlich aus, waren aber zu Plüschbären außerordentlich freundlich. Obwohl die auch heftig sabberten, also die Kamele.

*Seufzt.*

In der Türkei hat Mama mir mal ein kleines Dromeldi gekauft, das sollte eigentlich geliefert werden, wenn es alt genug gewesen wäre, um zu mir zu reisen. Ich war jeden Tag am Briefkasten, aber es kam nie an. Später war uns dann klar, dass der hohe Preis für das kleine Dromeldi wohl doch eher die Bezahlung für das fünfminütige Reiterlebnis meiner Mama auf dem Mutterdromedar war. Das Foto davon ist auch sehenswert, Mama auf dem Dromedar, und sie lacht die ganze Zeit. Na ja. Hauptsache mir ist nichts passiert.

Meine Güte, was da an Abenteuern schon zusammengekommen ist. Und einige habe ich bestimmt schon verdrängt, ganz tief in meiner Plüschseele. Die hat auch noch kein Röntgengerät am Flughafen jemals entdeckt. Voll durchsichtig!

*Blättert zurück.*

Weiter mit dem KSSZ. Ist jetzt nur ein Test, ob Ihr auch gewissenhaft mitlest. Die Renovierungsarbeiten habe ich insgesamt gut überstanden. Als dann die neue Küche geplant war, wurde ich aber schon etwas unruhig. Da blieb hier kein Stein auf dem anderen, wie man so sagt. Erst mal wurden Töpfe, Tiegel, Teller und Tassen, Pötte und Pannen, Messer, Gabel, Scheren und Glühbirnen auf ihre Notwendigkeit zum Bleiben geprüft. Warum weiß ich nicht, mir wird in solchen Situationen selten etwas erklärt, wisst Ihr ja. Ich muss da immer eigene Überlegungen anstellen.

Ich kam dann aber selbst drauf, dass eine Frau mit mehreren Bären (ich muss gleich mal die aktuelle Zahl ermitteln), nicht zwölf Töpfe, sieben Pfannen, Besteck für achtundfünfzig Personen und viel zu viele Tassen im Schrank braucht.[9]

Nein, da hat sie Recht, das ganze Zeug brauchen wirklich

---

9 Wobei ich bei den Tassen nicht sicher bin.

nur Menschen mit einer entsprechend großen Familie. Also wurde alles Überflüssige verpackt und zu einem Laden gebracht, die dort dankend alle diese Dinge annehmen und an Menschen weitergeben, denen noch Besteck für achtundfünfzig Personen fehlt. Einiges wurde zu diesem Laden transportiert. Irgendwann sah es dort schon richtig heimelig aus, so wie vorher bei uns zu Hause, vor dem großen Aufräumen.

Nach dem Aussortieren kam dann der Abbau der alten Küche. Das kann eine Frau allein beim besten Willen nicht schaffen, auch nicht mit vierhundertdrölfundzwanzig gutaussehenden Plüschbären. Die säßen dann sowieso alle ständig im Weg und würden plan- und hilflos vor sich hin fusseln.

Das Projekt mit den Zwischendecken, die geneigte Leserschaft erinnert sich vielleicht daran, das ich zusammen mit meinem Freund, dem Bausparfuchs entwickelt hatte, damit möglichst alle Bären aus meiner in der ganzen Welt verstreuten Familie wiedervereint sein könnten, dieses Projekt kam dann doch nicht zustande. Der Bausparfuchs hatte sich irgendwie verrechnet und die Kosten waren dann auch wesentlich höher, als er vorher veranschlagt hatte. Das machen alle so, sagte der Bausparfuchs zu seiner Verteidigung auf Nachfrage, das hätte er mal im Fernsehen gesehen. Das kommt davon, wenn man Bausparfüchse fernsehen lässt! Mama weigerte sich auch ständig den Kopf einziehen zu müssen, weil die Deckenhöhe sich natürlich drastisch reduziert hätte. Diese Familienzusammenführung der Bärenbrüder und -schwestern, damals gab es noch keine Diversen, war ja auch der Auftrag, den mir meine Näherin in China damals mit auf den Weg ins Ungewisse gegeben hatte.

*Muss sich mal eben wegen aufkommender Rührung die Nase putzen.*

Die Erneuerung der Küche war allein für sie nicht zu schaffen. Aber hier halfen dann Freunde und Familie kräftig mit. Der KSSZ kam fast gar nicht mehr zum Einsatz, aber ein großer Hammer konnte endlich mal zeigen, was in ihm steckt. Ich saß in sicherer Entfernung und habe das alles nur aus der Ferne beobachtet. So löste sich die Küche Marke „Eiche brutal" in ihre Einzelteile auf. Stück für Stück wanderte sie an die Straße zum Sperrmüll. Quatsch, sie wanderte natürlich nicht, sie wurde Stück für Stück getragen. Ja, es war eine tapfere Küche und sie hat lange gute Dienste geleistet. Ich habe ihr noch kurz hinterher gewunken, als der große Wagen kam und sie mit gruseligen Geräuschen zermalmte.

Das war auch neulich lustig, das muss ich Euch erzählen. Mama hatte einen Anfall von, „Heute muss ich alle die Dinge erledigen, die ich bis jetzt irgendwie vernachlässigt habe." So was hat sie meistens vier Tage vor Vollmond, und oft im

Januar. Ich hab das beobachtet und mir immer entsprechende Notizen für meine Statistik gemacht. Ich bin da sehr gewissenhaft, das könnte ich vielleicht noch mal in einem Ratgeber, an dem ich gedanklich schon lange zeitgleich arbeite, verwenden. Arbeitstitel: „Frauen verstehen. Für Anfänger, Fortgeschrittene und völlig Verzweifelte".

Was wollte ich Euch erzählen? Ach ja, das Lustige. Mit dem Anfall und den vernachlässigten Dingen. Es ist immer recht ordentlich und sauber bei uns, soweit ich das als Haus- und Rassebär, der ja eigentlich aus der Wildnis kommt, beurteilen kann. Na ja, aber es gibt wohl in jedem Haushalt diese Kleinigkeiten, zu denen man irgendwie keine rechte Lust hat, oder die dringende Notwendigkeit, es zu erledigen gerade nicht sieht, oder nicht über das entsprechende Werkzeug verfügt, irgendwas ist ja immer.

Also, z.B. das Waschbecken, da bildet sich irgendwann in einer kleinen Ecke irgendwas, was die mondphasenabhängige Hausfrau nun in einem Anfall von Putzzwang entfernen möchte. Also flugs die Flaschen mit den Haushaltsreinigern durchgesehen. Ja, *kraftvoll*, *intensiv* und *hochwirksam* steht hinten drauf in winzigster Schrift und dazu Gefahrenhinweise in fünf Sprachen. Selbstverständlich ist dieses Teufelszeug von Hausbären und Kindern fern zu halten. Macht sie auch, deswegen stehen diese Flaschen auch da, wo sie die erst mal nicht sofort wiederfindet.

Aber nun hat sie die giftorangene Flasche in der Hand, sich alle Warnhinweise gewissenhaft durchgelesen und damit abgefunden, dass es zu Hautreizungen, Sehstörungen, Durchfall und Unfruchtbarkeit kommen kann, wenn man das Zeug aus Versehen einatmen oder warum auch immer, einen kräftigen Schluck daraus nehmen würde. Sie ist sich der Gefahr bewusst, verzichtet mutig auf den Gebrauch einer Atemschutzmaske, eines Schutzoveralls, geöffnete Fenster und Handschuhe, um der Gefahr nun entschlossen und ohne Schutzbrille ins Auge zu blicken, und öffnet die Flasche. Oh nein, so einfach ist das nicht. So eine Flasche der Marke Gefahrgut, kann frau nicht einfach so öffnen. So was Gefährliches hat aus Sicherheitsgründen einen Verschluss, für den müsstest du als normal verbrauchender Bär erst einmal die Hausbären-Universität für mindestens drei Semester besucht haben, um den aufzukriegen.

Nun ist sie nun wild entschlossen, heute alles zu erledigen, was die Mondphase ihr eingibt. Der Sprühverschluss der Gefahrgutflasche muss um 180 Grad gedreht werden. Wow, auf so was würden weder Rassebären noch Kleinkinder kommen. Das ist ganz schön ausgefuchst. Für wie blöd halten die uns eigentlich? Mama dreht. Und liest. Wozu meist Kleinkinder noch nicht in der Lage sind.

Hausbären schon, aber die putzen auch nicht mit Gefahrgutflaschen irgendwelche kleinen Flecken am Waschbecken weg. Die legen sich in dieser und in jeder anderen

Mondphase auch lieber gemütlich aufs Sofa und chillen[10]. Bevor ich Euch jetzt erkläre, was *chillen* ist, das Wort habe ich übrigens völlig neu in mein Repertoire aufgenommen, zurück zur Gefahrgutflasche. Mama liest das alles durch, ist sich der Gefahr für uns, für die Umwelt, das Klima und den Weltfrieden vollends bewusst und dreht den Sprühkappenverschluß von OFF um 180 Grad. OFF ist klar, das versteht jede gute deutsche Hausfrau, OFF heißt *zu*, oder *nein*, oder keine Gefahr, oder hier sprüht erst mal gar nichts. Aber was steht da jetzt auf der anderen Seite? NO. Ach du Schreck, und nun? Das ist also auch nicht die richtige Position. NO heißt NO, das wissen schon die Kleinen im Kindergarten, spätestens nach der Me-too-Debatte.

Ich rate ihr dringend, sich mal eine Weile zu mir aufs Sofa zu setzen. Ich bin der Meinung, sie braucht eine Pause, um über die Auswirkungen des Klimawandels auf mein verfilztes Fell nachzudenken oder über neue Reisepläne in für gutaussehende und wenig heldenhafte Plüschbären völlig ungefährliche Gebiete. Aber da kennt Ihr Frauen schlecht, wenn die sich was in den Kopf setzen, dann muss das sofort erledigt werden. Ich werde hinsichtlich der Fellproblematik und meiner Reisewünsche vertröstet und chille wieder, aber immer ein Plüschohr in Richtung der Gefahrgutzone. Dort scheint sich die Lage entspannt zu haben. Sie kommt grinsend aus dem Badezimmer zurück, das

---

10 Nein, liebe Rechtschreibprüfung, „chillen" nicht „killen".

Fleckchen wurde beseitigt. Ein kleiner Wechsel der Perspektive hat ihr geholfen. Wie im richtigen Leben - einmal kurz innehalten, einen anderen Blickwinkel auf das angebliche Problem richten, fertsch. Erinnert mich dran, dass ich das in mein Ratgeberbuch mit übernehme.

# Ein Klavier aus alten Schulen

Warum auch immer entwickelt Mama plötzlich musikalische Interessen. Es geht um ein Klavier. Das muss aus einer alten Schule kommen. Ganz wichtig.

Ja, so dumm hab ich auch geguckt. Genau wie Ihr jetzt gerade. Ich gugel dann immer alles. Aber auch das brachte mich nicht weiter. Nun weiß ich aber dank Gugel alles über Klavierunterricht, wo der stattfinden kann, z. B. in alten Schulen, aber auch, ab welchem Alter Klavierunterricht sinnvoll ist und lauter solche Sachen. Diese Informationen brachten mich aber nicht weiter, weil meine Mama noch nie irgendwas zu diesem Thema angedeutet hatte, und musikalisch ist sie auch nicht. Also musste ich weiterhin meine Plüschohren aufmerksam spitzen, um mehr zu erfahren.

Mmh, also das Wort „alte Schule", hatte ich auf jeden Fall schon richtig verstanden. Auch meine Brüder nickten mit ihren plüschigen Köpfen, ja „alte Schule" war schon mal richtig.

Nun ist sie seit einiger Zeit bärenamtlich in so einer alten Schule tätig. Sie verkleidet sich dann jedes Mal vorher entsprechend. Das geht schnell bei ihr, längere Röcke trägt sie ja sowieso fast immer und der Rest ist schnell gemacht. Weiße Bluse, zugeknöpft bis zum Hals, Schnürstiefel, strenger Blick, fertsch. Schon spielt sie die Lehrerin im Schulmuseum. Ihre Aufgabe ist es dort Unterricht wie vor gut hundert Jahren zu geben.

Kinder aus Grundschulen werden dann in diese alte Dorfschule gebracht, damit sie mal sehen sollen, wie gut sie es in der heutigen Zeit haben. Es kommen aber auch erwachsene Menschen, die sich mit wohligem Schaudern an ihre eigene Schulzeit erinnern möchten. Mama macht dann eine Stunde Unterricht mit denen, dazu gehören Schreibübungen in deutscher Schrift, die ein Herr Sütterlin erfunden hat. Sieht sehr schön aus, aber ich krieg das überhaupt nicht hin, auch weil ich keinen Daumen habe. Eigentlich habe ich nicht mal Finger, sehe ich gerade. Danach versuchen die Schüler und Schülerinnen mit einem Kreidestift auf Tafeln oder mit Tinte und Feder in ein Heft zu schreiben. Boah, da würde ich mir garantiert das ganze Fell versauen mit der Tinte!

Beim Rechnen können sie dann Holzkugeln schieben auf

einem Abakus[11], damit wurde früher richtig gerechnet. Was ich wiederum gut finde. Bei den Kugeln kann man sich als Bär eine Zahlenmenge viel besser bildlich vorstellen, als wenn jemand zehn minus drei an die Tafel schreibt. Es ist schon erstaunlich, aber mit diesem Abakus kann man sogar kompliziertere Rechenaufgaben lösen. Die Lütten staunen immer, wenn Mama ihnen das zeigt.

Außerdem erzählt sie noch was vom Kaiser Wilhelm dem II., von Martin Goethe und Johann Wolfgang von Luther. Das war damals der Lehrstoff für die Fächer Geschichte, Kunst und Religion. Ihr macht das total Spaß, auch weil sie einen Rohrstock dabei haben darf. Eigentlich war der früher dazu gedacht, den Schülern den Popo zu verhauen, wenn die es nach Meinung der Lehrperson verdient hatten. Geschlagen wurden auch die Mädchen, aber nicht auf den Popo, sondern auf die Finger. Das macht sie natürlich nicht, sie benutzt das Ding nur als Zeigestock. Sowieso sind die Kinder in der Stunde immer mucksmäuschenstill und passen gut auf.

Wie kam ich denn jetzt nun wieder darauf? Ach ja, wegen der alten Schule und dem Klavier. Tja, aber das bringt mich nun auch nicht weiter. Was will sie mit dem Klavier? Sollte ich mich denn so verhört haben? Was klingt denn so ähnlich wie Klavier? Kaviar? In einer alten Schule? Nee, der ist dann bestimmt auch schon abgelaufen. Den will sie be-

---

11 Das ist so ein Holzgestell mit Kugeln dran.

stimmt nicht. Außerdem gabs früher bestimmt keinen Kaviar, höchstens mal ein Fischbrötchen oder ne Makrele. Kariert? Mmh, na ja, sie sucht schon länger nach so einem karierten Schottenrock, die sind gar nicht so einfach zu finden, weil die nicht wirklich modisch sind, eher klassisch. Nein, das kann es nicht sein. Kamin? Der Schornsteinfeger war gerade da, hatte aber nichts zu beanstanden, dafür zahlt sie dann einige Bäros und bekommt eine Bescheinigung fürs Finanzamt, die ihr aber auch nichts bringt. Fehlanzeige. Klavier, Kaviar, Kariert, Kamin, Kavalier... Potzblitz! Kavalier! Ha! Das isses! Das hat sie gesagt!

Und jetzt haltet Euch fest, guckt, was ich da bei Gugel gefunden habe!

*„Kavalier der alten Schule"*

*Die alte Schule – zeitlos und zeitgemäß.*

*Ein Kavalier der alten Schule – das ist eine Auszeichnung für jemanden, der es versteht, Menschen, insbesondere Damen, durch höfliches Verhalten und gewisse Gesten in speziellen Situationen behilflich zu sein und seinen Respekt zum Ausdruck zu bringen. Etwa beim Tür aufhalten, an der Garderobe oder bei Tisch. Der Herr sollte davon ausgehen, dass diese Gesten geschätzt werden. Es gilt allerdings, in den folgenden Situationen einige Regeln zu beachten:*

*Garderobe: Sollten Sie in Gesellschaft mehrerer Damen sein, helfen Sie den Damen der Reihe nach aus dem Mantel* und legen Sie die Kleidungsstücke über Ihren Arm. So vermeiden Sie längere Wartezeiten für die Damen und erweisen allen dieselbe Höflichkeit.

Treppe: Der Herr geht treppauf hinter der Dame und treppab vor der Dame, um bei etwaigen Missgeschicken behilflich sein zu können.

Tür: Der Herr öffnet der Dame die Tür und lässt ihr den Vortritt. Danach wartet die Dame. Der Herr betritt das Lokal zuerst.

Tischherr: Der Tischherr sorgt dafür, dass die Dame immer Wasser und ein Getränk ihrer Wahl in ihren Gläsern hat, unterhält seine Tischdame eine Weile möglichst charmant und rückt den Sessel beim Verlassen und Wiederkommen der Tischdame zurecht. Der Tischherr ist üblicherweise der Sitznachbar der Dame auf der linken Seite.

Unser Tipp: Wenn eine Dame auf ihre Selbstständigkeit Wert legt und signalisiert, dass sie diese Höflichkeiten nicht wünscht, dann ist das zu akzeptieren.

Quelle: Knigge2Day

Das wars, was sie gesagt hatte, Kavalier der alten Schule. Also ging es gar nicht um alte Schuhe. Was will sie denn mit so einem? Versteh einer die Frauen! Und bis heute dachte ich, ich versteh schon eine ganze Menge von ihnen, weil ich immer meine Plüschohren spitze, wenn Frauen zu

Besuch kommen, mich begrüßen und knuddeln wollen und danach den ganzen Abend miteinander schwatzen und lachen.

Ach du Schreck! Hab mir das nun alles durchgelesen mit dem Kavalier. Das würde ich nie schaffen, so ein Kavalier zu werden! Das fängt schon mit dem Tür aufhalten an. Ich bin schon froh, wenn ich nicht aus Versehen in einer Tür eingeklemmt werde, weil ich nicht schnell genug durchkomme. Dann die Sache mit der Garderobe. Im Zuge der Umbauarbeiten hier im Hause, verschwand auch der große Garderobenschrank. Nun mussten unsere Gäste eine Zeit lang eigene kreative Lösungen finden, wo sie ihre Jacken und Mäntel zwischenlagern wollten. Hat ganz gut geklappt, mittlerweile gibt es auch wieder so etwas wie eine Garderobe, wo die Gäste ihre Sachen aufhängen können.

Aber nun stellen sich für mich doch einige Fragen nur für den Fall, dass ich ein Kavalierbär der alten Schule sein möchte. Angenommen, es kämen mehrere Damen mit mehreren Jacken, wie soll ich das schaffen? Wie soll das gehen? Bei allem guten Willen, wie soll ich die Jacken alle gleichzeitig über meine kurzen und dünnen Arme legen? Um die berechtigten Gefühle der Damen nicht zu verletzen! Und allen mit der gleichen Höflichkeit zu begegnen! Ich sehe mich schon unter den ganzen Jacken begraben irgendwo im Flur liegen und Entschuldigungsworte brummeln. Aber es würde mich niemand hören unter den ganzen Jacken!

*Steigert sich in Panik. Atmet gleichmäßig in den Bauch.*

So nächster Punkt, das Verhalten auf der Treppe. Nun bin ich doch froh, dass wir hier keine Treppen im Haus haben. Wenn wir denn eine hätten, und einer Dame würde ein Missgeschick passieren[12], was sollte ich dann tun? Die Glasaugen diskret abwenden? Einen Krankenwagen rufen? Beim Aufstehen behilflich sein?

*Stellt diesen Punkt erst mal zurück. Genau wie Scarlett O`Hara, in Vom Winde verweht.*

Aber weiter mit den Empfehlungen des Herrn Knigge. Ach, schon wieder Tür aufhalten. Also sollte ich jemals mit einer Dame zum Essen gehen, flitze ich also vor, öffne die Tür, flitze dann wieder zurück hinter die Dame, in der Hoffnung, dass ihr die Tür dann nicht gegen die Plüschnase knallt, falls es eine Bärendame wäre, dann lasse ich ihr den Vortritt, dann muss sie aber warten, bis ich wieder vorflitze und als Erster das Lokal betrete.

Meine Güte wer soll sich das alles merken. Mama schaut mir gerade über die schmale Plüschschulter und merkt an, dass das dem Zwecke diene, der Dame das schwierige Öffnen der Tür abzunehmen. Dann kommt die Situation des Betretens, und da muss selbstverständlich der Mann (das alte Klavier) wieder voran gehen, weil die Dame auf diesem ihr fremden Terrain (selbst wenn sie das Lokal schon wie ihre eigene Handtasche kennt), vielen Gefahren ausgesetzt sein

---

12 Gugelt Mißgeschick.

könnte! Leute! Ich glaubs nicht! Was soll denn der Dame passieren? Dass ein übermotivierter Ober- oder Unterkellner sie über den Haufen rennt? Mama sagt, ich soll darüber jetzt nicht nachdenken, sondern lieber weiterschreiben, dann könnte ich nämlich wirklich was lernen!

Ok, nun sitzen wir also endlich mit dem Klavier, sorry, mit dem Kavalier am Tisch. Und schwupps ist aus dem Kavalier ein Tischherr[13] geworden. Wie auch immer der so schnell *transformiert* ist. Spannendes Wort, oder? Hab ich auch neu in meinen Sprachschatz aufgenommen. Der Transformierte muss nun für ausreichend Wasser oder Getränke ihrer Wahl sorgen. Na ja, das ist zu schaffen. Aber nun kommts, jetzt liege ich wirklich am Boden vor Lachen, er soll seine Tischdame eine Weile möglichst charmant unterhalten. Eine Weile? Möglichst charmant? Und wenn sein Charme normalerweise nur für drei Minuten reicht? Könnte er danach endlich die schlüpfrigen Witze von seinem Männerstammtisch erzählen?

*Winkt mal schnell zu seinen Stammtischbrüdern.*

So, nach dem vielen Wassertrinken und den Getränken ihrer Wahl, wird die Dame wohl höchstwahrscheinlich bald mal pullern müssen. Das sagt sie nicht so deutlich, sie wird das mit „Nase pudern" oder „frisch machen" umschreiben. Das kennen wir Bären ja aus der Praxis, oder sagen Eure,

---

13 Nicht zu verwechseln mit Tischbär!

37

sie müssten mal aufs Klo? Wenn die Dame also aufsteht, muss der Tischherr ihr den Sessel wegziehen und wenn sie wiederkommt, ihr das Ding wieder passgenau unter den Popo schieben. Ganz wichtig, nicht umgekehrt, dann ist nämlich Schluss mit lustig und alles wäre für die Katz! Das alte Klavier käme zum Sperrmüll, genau wie unsere Küche, Eiche brutal. Ich hab Euch gewarnt.

Nach dem eventuellen Sturz, verursacht durch das unsachgemäße Wegziehen der Sitzgelegenheit, könnte er ihr nur noch diskret wieder aufhelfen und ihr in den nächsten Tagen einen handgeschriebenen Brief durch einen reitenden, gut gekleideten Boten zukommen lassen, in dem er in gewählten Worten für sein unmögliches Benehmen um Entschuldigung bäte.

*Muss dringend Luft holen.*

Das Beste ist natürlich der Tipp am Schluss: Wenn er denn eine Dame findet, die es schafft, selber in und aus ihrer Jacke zu kommen, ohne Probleme Treppen steigen kann, in der Lage ist, Türen selbständig zu öffnen und zu schließen, furchtlos ein Lokal betreten kann und ihre Wasser- und Getränkebedürfnisse tapfer mit fester Stimme dem Servicepersonal vermitteln kann, und auch noch mit eigener Muskelkraft ihre Sitzgelegenheit zur Seite schieben kann, was dann?

Dann bleibt die Frage nach der möglichst charmanten

Unterhaltung, zumindest für eine Weile. Ich sehe vor meinem geistigen Plüschauge, wie dem Tischherrn, ehemals Kavalier aus der alten Schule, die charmanten Gesprächsthemen ausgehen. Wieso sagt denn eigentlich die Dame nichts? Wieso trägt sie nicht selber etwas zur charmanten Unterhaltung bei? Fragen über Fragen. Wer diesen denkwürdigen Abend bezahlen wird, darüber gibt der Knigge erst gar keine Antwort, das versteht sich wahrscheinlich von selbst.

*Schaut sich zu seiner Mama um.*

Mmh, sie guckt etwas verträumt. In manchen Punkten ist sie mit dem Herrn Knigge völlig einer Meinung. Das waren sehr viele Informationen für heute. Andererseits frage ich mich, warum sie sich für das Thema überhaupt interessiert. Bin ich ihr nicht genug? Tue ich nicht, was ich kann? Okay, manchmal bin ich vielleicht keine große Hilfe. Wobei bin ich ihr überhaupt eine Hilfe?

*Gerät in eine Sinnkrise. Schlummert darüber ein.*

# Mäuse und anderes Getier

Ach herrlich, so eine Stunde auf dem Sofa, eingekuschelt in meine Lieblingsdecke und schon gehts einem Bären besser. Wo war ich? Ach ja, bei meiner Lebensaufgabe. Ich kann total gut zuhören, ohne ständig irgendwelche Zwischenfragen zu stellen. Also wenn, dann nur die Fragen, die ich natürlich immer mal wieder stellen muss.

Wann sind wir endlich da?

Wann gehts wieder auf Reisen?

Wann treffen wir unsere Plüschfreunde wieder?

Außerdem bin ich sehr zuverlässig. Wenn ich morgens auf dem Sofa sitze, sitze ich abends immer noch da.[14] Und dann, als ich dachte, nun kommen wieder ruhigere Zeiten, da kam es. Das Geräusch. Um es gleich klarzustellen, ich wars nicht! Ich mache so gut wie keine Geräusche. Wenn

---

14 Wo ich in der Zwischenzeit überall war, bleibt unser Geheimnis, ok?

hier was raschelt, dann sind es die Blätter!

*Sitzt mal wieder extrem still.*

Es folgt nun ein Warnhinweis für mitlesende, zartbesaitete Menschen oder Plüschmäuse. Der folgende Bericht könnte negative Gefühle bis hin zur Panik auslösen.

Aber von vorne. Mama liegt im Bett und schlummert schon friedlich ein, mit Plänen für den neuen Tag. Und da bemerkt sie es. Das Geräusch! Irgendwo in der Nähe hört sie ein feines Rascheln und Kratzen. Sie weiß genau, ich Bruci, raschel nicht und kratzen tue ich schon gar nicht. Womit denn auch wohl? Ich bin durch und durch weich und plüschig! Jeden Abend sitze ich still mit meinen Brüdern auf dem Sofa und wir flüstern nur leise über das, was am Tage so passiert ist. Wir besprechen auch das, was wir alles nicht verstanden haben. Es gibt kein Rascheln und kein Kratzen unsererseits, wir haben alle nichts, womit man rascheln oder kratzen könnte.

Mama schreckt also hoch und macht erst mal Licht. Licht ist immer gut, um dem Feind unerschrocken ins Auge blicken zu können! Ich persönlich tendiere eher zu folgender Taktik: Versteck dich lieber hinter dem großen Sofakissen und halte die Luft an! Wahlweise unter dem Tisch, wenn das Sofa nach bärigem Ermessen nicht mehr rechtzeitig erreicht werden kann.

Aber meine tapfere Mama macht nicht nur Licht, sie holt

sogar noch ihre Taschenlampe und leuchtet in alle Ecken des Schlafzimmers. Sie hat bereits den Verdacht, dass es sich um Mäuschen handeln könnte. Grundsätzlich hat sie nichts gegen die kleinen Nager, solange die draußen bleiben, wo genug Platz und auch genug für sie zu fressen ist. Aber die Vorstellung, dass so eine kleine Maus nachts über ihr Kissen huschen könnte, gefällt ihr überhaupt nicht.

Ich bin schon einer Ohnmacht nahe, allein bei der Vorstellung, dass mich zwei so kleine schwarze Knopfaugen plötzlich mitten in der Nacht neugierig angucken könnten. Aber da kennt ihr meine tapfere Mama nicht. Meine Heldenmutter! Die hat nun mittlerweile das ganze Schlafzimmer ausgeleuchtet, für ungefährlich und mäusefrei befunden. Sie lässt sich wieder in die Kissen sinken und schläft schnell ein.

Am nächsten Tag, also am helllichten Tag, hört sie wieder dieses Geräusch, kleine Raschelfüße. Eindeutig kommen die Geräusche vom Dachboden! Oha, nun wird es ernst. Ich bespreche das Problem am Abend mit meinen Stammtischbrüdern[15]. Die kennen die Mäuseproblematik auch von ihren Erziehungsberechtigten und ich bekomme wertvolle Tipps. So Männerstammtische sind sehr hilfreich, da kannst du als Bär mal alles loswerden, worüber du sonst nicht zu sprechen wagst. Männergespräche halt. Manchmal auch mit Stuhlkreis.

---

15 Wir treffen uns jeden Montag – virtuell zum Männerstammtisch.

Das beste wäre, erfahre ich von meinem Kumpel Bruno, eine Lebendfalle zu kaufen und die auf dem Dachboden zu deponieren. Dann müsse man aber jeden Tag nachsehen, ob so ein kleiner Nager sich darin verirrt hätte, weil er das in der Falle befindliche Leckerli zu vernaschen gedachte.

Und dann säße das Mäuschen in dem kleinen Käfig und würde sich verwundert die Knopfaugen reiben, aber wahrscheinlich zuerst einmal das Leckerli weg futtern. Bis ihm klar würde, und nun? Wie komme ich hier wieder raus? Wie soll es weitergehen? Hallo, würde es verzweifelt rufen, holt mich hier raus! Seine Mäusekumpels wären irritiert und würden sich je nach seinem Beliebtheitsgrad oder sozialer Stellung von ihm ab- oder zuwenden.

Bruno konnte berichten, dass auf seinem Dachboden eine der Mäuse vor Schreck an einem Herzanfall gestorben sei, als sie den gefangenen Kumpel in der Lebendfalle sah. Aha, Lebendfalle. Ich schreib das auf und zeig Mama meine Notizen mit all den dramatischen Nebenwirkungen. Lebendfalle? Und dann?

Soll sie dann mit dem kleinen possierlichen Mäuschen einen Ausflug ins Grüne machen und es auf einem weit entfernten Parkplatz aussetzen? Nee, das kommt nicht in Frage, soweit geht ihre Tierliebe nun doch nicht. Sie würde keine Mäuschen durch die Gegend kutschieren.

Mama konsultiert das Fachgeschäft für Sonderposten

und sonstigen Schnickschnack, den eigentlich keiner braucht. Der freundliche Mausefallenfachverkäufer, dem sie das Problem schildert, rät zu einer konventionellen Falle. Also, Holz, Schnappmechanismus, fertsch. Sehr preisgünstig. „Aber nehmen Sie die etwas teurere Variante, sonst klemmen Sie sich die Finger beim Spannen ein", rät er meiner Mördermutter.

Na gut, vier Luxusfallen werden gekauft und auf Anraten des Mausefallenfachverkäufers mit kleinen, appetitlichen Nutellabrotstückchen gespickt. Nun werden die Fallen außerordentlich vorsichtig auf den Dachboden gestellt, die Dachklappe geschlossen und abgewartet. Und ja, sie hatte ein mulmiges Gefühl bei der Aktion. Gleich am nächsten Morgen guckt sie nach, ob da oben schon etwas passiert ist. Ich sehe da ein sehr bedenkliches Glitzern in ihren Augen. Genau das gleiche Glitzern hab ich auch damals bei Peter O`Toole dem Hauptdarsteller im Film *Lawrence von Arabien* gesehen!

Kennt Ihr den Film? Lang, auch sehr lang der Film. Ich glaub vier Stunden geht der, genau wie *Vom Winde verweht*. Fängt harmlos an, mit dem Lawrence erst ist der ganz nett und harmlos, und dann nach ungefähr zwei Stunden, entwickelt er sich in der Wüste immer mehr zu einem Menschen, der eine merkwürdige Freude am Töten entwickelt und das zu seinem eigenen Entsetzen auch selbst bemerkt. Unbedingt angucken, ganz toller Film. Aber auch nichts für schwache Nerven. Ziemlich viel Mord und Totschlag. Ich guck eigentlich nur noch Filme, wo ich weiß, dass sie ein Happy End haben. Ich bin auch nur ein Bär!

Ach, wo ich gerade dran denke, ich muss unbedingt wieder Drahtseilnerven nachbestellen. Meine Vorräte gehen langsam zu Ende, hab ich neulich bei der jährlichen Inventur festgestellt. Sacht einfach Bescheid, welche Stärke Ihr so braucht und welche Länge. Könnte man auch als Geschenk verpacken, Drahtseilnerven braucht jeder mal.

Mama startet also ihren Feldzug gegen die Mäuschen. Vorsichtig öffnet sie die Klappe zum Dachboden. Wahrscheinlich fürchtet sie, dass ihr gleich ein viel größeres Tier als ein Mäuschen entgegenspringt! Ich bleib lieber unten und kann dann von hier aus den Notruf wählen, wenn was passiert. Ich helfe, wo ich kann! Wenn ich denn kann. Und nicht gerade unter dem Tisch sitze. Zitternd.

Und da sind sie. Drei kleine Mäuschen liegen mit Genickbruch in den Fallen! Und die kleinen schwarzen Knopfaugen haben sie noch offen vor Schreck geweitet, als könnten sie es nicht verstehen, wie ihnen das passieren konnte! Eben mümmelten sie doch noch am leckeren Nutellabrot - und dann – klack – das Ende. Vom Dachboden in den Mäusehimmel. Non stopp.

Mama klettert wieder die Bodenleiter herunter und ist fix und fertig. Ich weiß nicht, was sie erwartet hatte. Das

System hat funktioniert, es ging schnell - und mit einem Nutellabrot im Schnäuzchen zu sterben, ist für eine Maus vielleicht auch nicht das Schlechteste. Besser, als von einer übersättigten, gelangweilten Katze als Spielzeug zu enden. Ich kann sie nicht trösten, also Mama, nicht die Mäuse, sie hat es ja so gewollt. Aber sie schwört, dass sie das nie wieder machen würde. Sollen die kleinen Dinger doch da oben wohnen. Hauptsache, sie knabbern nicht ihren großen Reisekoffer an. Vielleicht stelle ich den Mäuschen mal ein paar Nutellabrote nach oben, natürlich ohne Falle, als Wiedergutmachung, also für die Hinterbliebenen. Falls es noch Überlebende gibt. Andererseits kriege ich aber allein die Dachklappe nicht geöffnet und meine Brüder haben überhaupt kein Interesse an dieser Aktion. Das ist ihre Sache, brummeln sie, wir halten uns daraus.

*Verwirft erleichtert den Plan.*

Bei der vierten Falle war übrigens das Nutellabrot sehr geschickt entwendet worden, ohne dass der tödliche Mechanismus zuschnappte. Ich hoffe, Mama erinnert sich daran, wie traurig der Anblick der kleinen Mäuschen war, und lässt sich nicht wieder auf so eine mörderische Aktion ein. Und hier noch ein guter Rat für meine plüschigen Freunde, besonders an die Plüschratten, z.B. Emile le Ratte: Seid misstrauisch, wenn plötzlich irgendwo Nutellabrote rumliegen! Ich hab Euch gewarnt!

Wo wir gerade bei Mitbewohnern und anderem Getier

sind, im Garten achtet sie noch immer sorgfältig darauf, keine bereits bestehenden oder sich frisch anbahnenden Beziehungen zwischen den Kellerasseln zu zerstören. Die geneigte Leserschaft erinnert sich vielleicht an diese Problematik, die einfach weltweit viel zu wenig berücksichtigt wird!

Auch in der einschlägigen Fachliteratur[16] habe ich dazu noch nichts gefunden. Beim Anheben von Blumentöpfen oder Steinen im Garten sieht man doch oft, wie sich die lichtscheuen Asseln verwundert die Augen reiben und dann hektisch versuchen, wieder ins Dunkle zu entkommen. Dabei entsteht natürlich große Unruhe und schnell hat man seine Freunde und Verwandten aus den Augen verloren. Und da ist nix mit *Ich suche Dich*, bei RTL oder so. Zumal die Asseln auch irgendwie alle gleich aussehen. Ich hör schon mitlesende Asseln seufzen, oh nein, da war mal so ein total süßer Assel, toller Körper und so flink auf den kleinen Beinchen. Der war immer der erste unterm Blumentopf!

Wahrscheinlich gibt es diese besonders gutaussehenden Asseljungs, die siebenmal in der Woche versuchen, irgendwelche Steine zu stemmen, um den lichtscheuen Asselmädchen zu imponieren. Wer weiß das schon? Da wird viel zu wenig geforscht. Stellt Euch das nur mal vor, jemand kommt und hebt plötzlich das Dach Eures Haus ab und fegt mit einem riesigen Besen alles durcheinander.

---

16 Kellerasseln – Aufzucht und Pflege.

Ich kann grade nicht mehr weiterschreiben, das nimmt mich immer so mit.

*Macht ein paar Atemübungen.*

War ja damals in Hamburg auch so, als wir aus dem dunklen Container aus China endlich ans Licht kamen und in alle Richtungen verschickt wurden. So schnell kannst du als Bär gar nicht deine Adressen austauschen! Du wusstest ja auch gar nicht, wohin du kommen würdest. Auch, weil du nie Papier und Stift zur Hand hast, geschweige denn Visitenkarten, wenn es ernst wird. Aber die hab ich mir dann später drucken lassen, das ist schon sehr hilfreich.

*Beruhigt sich etwas.*

Aber, liebe Leser und Leserinnen und alle anderen, wir sind auf einem guten Weg uns alle wiederzufinden. Ja, Facebook sei Dank. Zu unserem 10. Geburtstag in Hamburg haben damals viele von uns wieder gemeinsam fröhlich gefeiert. Und nun werden wir uns sogar zu unserem 20. Geburtstag in Hamburg wieder sehen.[17] Hoffentlich sind noch viele Brüder und Schwestern dazugekommen. Ich bin schon sehr aufgeregt. Oh, bis dahin muss ich noch unbedingt mein gutes Hemd bügeln.

---

17 Nachtrag: Ja! Es hat geklappt! Viele von uns haben sich zum 20. Geburtstag in Hamburg getroffen. Danke an die liebe Barbara und die vielen Anderen, dass Ihr das organisiert habt.

# Vom Hausbären zum Flugbären

Endlich gehts wieder los, wir reisen. Nach Portugal, ach, da war ich doch schon mal!

*Findet alte Fotos in seinem Schuhkarton.*

Ich darf auch dieses Mal wieder mit! Danke Bruno, dass Du Dich für mich eingesetzt hast. Du hattest Recht, wie soll Mama so ein Abenteuer ohne mich bestehen, und außerdem sorge ich immer für neue Bekanntschaften![18]

*Betrachtet sinnend die alten Fotos.*

Damals war ich noch jung! Und mein Fell, es glänzte noch in der portugiesischen Sonne! Na ja, Mama sah da auch noch jünger aus, das ist auch schon wieder über zehn Jahre her. Heute glänzt ihr Fell mehr so silbermetallicgrauweiß. Ich darf das schreiben! Aber kaum schwelge ich in neuen Reiseplänen, droht schon wieder eine neue Katastrophe.

---

18 *Winkt zu Kersten, Susanne und Ines!*

Wie sollte es auch anders sein. Sonst hätte ich ja auch nichts, was ich aufschreiben könnte. Langweilige Reiseberichte will doch keiner lesen. Irgendwas ist immer. Und dieses Mal ist es wieder so ein Fall, wo ich nicht helfen konnte.

Kennt Ihr das? Ihr müsst ausnahmsweise mal ganz dringend was ausdrucken und genau dann passiert es. Nein, Papier ist genug da, das reicht noch für zwanzig Jahre. Weil irgendwann einmal hat ein Paketbote die bestellte Lieferung von zwölf Paketen Kopierpapier[19] einfach vor der Garage abgestellt, statt sie an der Haustür abzuliefern.

Nun wurde das Paket draußen im Regen nass. Mama hat das reklamiert und bekam direkt zwölf weitere Pakete als Ersatz geliefert. Dann stellte sich aber heraus, dass bei der ersten Lieferung nur die Außenverpackung nass geworden war. Das doppelt und dreifach gut verpackte Kopierpapier war unversehrt und trocken geblieben. Tja, nun hatten wir auf einmal vierundzwanzig Pakete Kopierpapier. Da kommst du als Bär schon ziemlich lange mit hin. Sogar wenn du Schriftstellbär bist, reicht das sehr lange. Nun musste erst einmal Platz geschaffen werden für die vierundzwanzig Pakete. In jedem Regal und in jedem Schrank fand man bei uns Kopierpapier. Waren wir mal irgendwo eingeladen,

---

19 Bei Bestellung von zwölf Paketen gab es einen spektakulären Sonderpreis und jede Menge Gummibärchen gratis dazu. Die mochte dann aber bald keiner mehr, sie wurden hart und wurden irgendwann entsorgt.

brachten wir anstelle von Blumen oder Pralinen immer Kopierpapier als Gastgeschenk mit. Manche hätten bestimmt lieber die Blumen oder Pralinen gehabt, weil sie sowieso schon lange nichts mehr ausdrucken. Tja, egal, darauf konnte Mama keine Rücksicht nehmen. Das Zeug musste weg.

Zurück zur echten Katastrophe. Eigentlich müssen wir hier so im normalen Leben gar nicht viel ausdrucken. Aber genau an diesem Tag, an dem Mama drei absolut wichtige Sachen in Papierform brauchte, darunter auch die Bordkarten für die Portugalreise, genau da sagte der Drucker, er wäre nicht einsatzbereit. Ich so hallo? Hallo Drucker? Du hast hier einen Job zu machen, komm in die Puschen! Das hat ihn überhaupt nicht beeindruckt. Er stellte sich tot. Mama war der Verzweiflung nah. Solange hier die Geräte funktionieren ist alles in Ordnung und die Stimmung ist friedlich. Aber wehe, einer glaubt hier auf diese Art und Weise auf sich aufmerksam machen zu müssen. So nicht. Nicht mit uns! Ich sach nur, Sendezeit.[20]

Ich gucke kämpferisch, was den Drucker völlig kalt lässt. Mama guckt eher hilflos, was ihn aber auch nicht berührt. Drucker haben keine Seele, nur Patronen, und die sind teuer! Und nun kommt wieder der freundliche junge Mann vom Nachbarhaus ins Spiel. Hatte ich den schon mal erwähnt? Kann ich jetzt nicht nachgucken.

---

20 Ja, ich durfte Dschungelcamp gucken, ist zwar trash, aber lustig.

Ja, er käme nachher mal vorbei, versprach er, als Mama ihn draußen traf und sich bei ihm über ihren undankbaren Drucker beklagt hatte. Vielleicht ist er auch stinkig, also er, der Drucker, weil er immer nur das Ersatzprodukt an Patronen kriegt, und nicht die teuren Originale? Man weiß nicht, was in so einem Drucker vorgeht, der jahrelang seinen Dienst treu macht und dafür nie wirklich Anerkennung bekommt. Vielleicht hat er auch eine sehr empfindliche Seele, wer weiß das schon.

Aber ich kann mich hier wirklich nicht um alles kümmern! Um die Befindlichkeiten von gutgläubigen Mäusen, durchtrainierten Asseln, sensiblen Druckern, um notwendige Renovierungen, kindergesicherte Gefahrgutflaschen, Storchbratrezepte, Hühner mit Liebeskummer, überaktive Maulwürfe und was sonst noch alles so anfällt. Ich bin auch nur ein Bär!

Henning kommt also vorbei, sieht sich den Drucker an, und innerhalb von zehn Sekunden hat er das Problem gelöst. Ja, ich vermute, Ihr hättet auch gewusst, woran es lag. Einer der Stecker vom Drucker war nicht drin. Er konnte nicht drucken, selbst wenn er nicht nachtragend gewesen wäre, wegen des Ersatzproduktes. Kaum hatte er die erforderliche Stromzufuhr, arbeitete er wieder zuverlässig und mit vertrautem Klappern seine Aufträge ab. Henning lehnte ein Paket Druckerpapier als Dankeschön ab. Er würde sowieso nichts drucken. So sind die jungen Leute.

Nun hatten wir also unsere Bordkarte, die wir für die Portugalreise brauchten, schwarz auf weiß, in der bei Mama so beliebten Papierform. Ja, sie hätte die Bordkarte auch mit ihrem Smartphone vorzeigen können. Aber so richtig traut sie dem nicht, bestimmt wäre gerade beim Boarding der Akku leer. Kennt man ja, Akkus sind da auch hinterhältig. Erst gaukeln sie einem noch dreißig Prozent Leistung vor und dann stellen sie sich plötzlich und unerwartet tot.

Jetzt ging es aber erst einmal ans Koffer packen. Ich weiß, das habe ich schon oft geschrieben, aber vielleicht habe ich ja ein paar neue Leser und Leserinnen, die noch nicht so mit diesem heiklen Thema vertraut sind.

Oh, auch hier gibt es nämlich einen neuen Trend. Weniger ist mehr, ist die neue Devise. Meine Brüder und ich gucken uns aus teils verschrammten Glasaugen verängstigt an. Wir sind hier noch zu sechst und das soll auch so bleiben! Wir wollen nicht wie die alte Küche und die ganzen Töpfe und Tiegel aus dem Haus verbannt werden! Sie beruhigt uns, nein, alles ist gut. Sie versucht nur dieses Mal mit Handgepäck auszukommen, weil sie dann nicht die seelische Belastung auszuhalten hätte, dass ihr Koffer vielleicht auf Nimmerwiedersehen im Nirgendwo verschwindet. Und sie müsse dann eine ganze Woche mit ein und demselben Schlüpper durch Portugal zu reisen. Das ist für Frauen die allerschlimmste Vorstellung. Nicht nur wegen des Schlüppers, auch wegen der vorher sorgfältig und strategisch zusammengestellten Garderobe. Garderobe ist in diesem Fall nicht das, wo die Menschen ihre Jacken aufhängen, sondern das, was Frauen brauchen, um im Urlaub unwiderstehlich auszusehen. Ganz wichtig, Garderobe, schreibt Euch das bitte auf.

Ich trage im Sommer meinen Kapuzenpulli und im Winter mein warmes Shirt mit dem Herz auf dem Ärmel, wo mal eine Wunderkerze aus Versehen ein kleines Brandloch verursacht hatte. Ich komm damit klar, muss mir auch nicht jeden Morgen überlegen, was ich anziehe oder ob irgendwas zueinander passt. Ist doch ganz einfach. Sommer: Kapuzenpulli, Winter: warmes Shirt. Und unwiderstehlich bin ich sowieso, sagen alle.

Ich lach mich kaputt, heimlich natürlich, als ich sie so beim strategischen Packen beobachte. Netter Versuch, das mit dem Nur-Handgepäck, Mutter. Aber bedenke bitte, was du alles an Töpfchen, Tiegelchen, Salben und Cremes benötigst, um auch nur halbwegs so auszusehen wie damals. Also ganz damals. Das sage ich nicht laut, bin ja nicht wahnsinnig, das sage ich nur Euch, ganz im Vertrauen.

Aber wie zu erwarten war, ich hatte Recht, der *Weniger-ist-mehr-Handgepäck-Plan* wird verworfen. Hatte ich doch gleich gesagt. Nun wird der nächstgrößere Koffer gepackt. Hej, und das nur ein einziges Mal, nichts wird noch mal umgepackt oder neu sortiert, alles voll strategisch dieses Mal. Wow, alle Achtung. Nur beim Thema: Welche

Schuhe, kommt es natürlich wieder zu Entscheidungs-schwierigkeiten. Die wärmsten und sperrigsten zieht sie natürlich an. Das ist einfach. Aber dann? Frau will nicht den ganzen Tag in bequemen Wanderschuhen durchs eventuell vornehme Hotel stolpern. Also die Ballerinas? Oder die Sneaker? Oder die Sandalen? Da wirds schon wieder eng im Koffer.

Ich verkürze hier die Geschichte, eingepackt wurden keine Ballerinas, aber ein Paar Sneaker (wurden dann doch nicht benötigt), ein paar sogenannte Barfußschuhe, ultra-leicht, bequem und passen zu allem, die waren dann die perfekte Lösung.[21] Schreibt Euch das auf, falls Ihr mal um Rat gefragt werdet. Ein dickes Paar anziehen, ein leichtes mitnehmen. Fertsch. Kann doch nicht so schwer sein.

*Druckt das schon mal aus für spätere Reisen.*

Aber dann am Flughafen! Da merkt man, dass sie lange nicht geflogen ist. Wie war das noch mal? Erst den Koffer aufgeben? Oder doch erst irgendwo einchecken? Ach nee, das Einchecken hat sie ja schon online hingekriegt. Also doch erst den Koffer aufgeben. Früher saßen da Menschen an den Schaltern wegen der Koffer und dem Aufgeben. Denen zeigte man lässig und weltgewandt seine Bordkarte, hievte den Koffer aufs Band und wunderte sich kurz über

---

21 Mal ganz ehrlich, wen interessiert das eigentlich? Macht Ihr Euch in Hotels Gedanken über die Schuhe anderer Leute?

das Gewicht. Die echten Schaltermenschen machten dann einen Zettel dran und der Koffer verschwand auf einem Laufband ins Dunkle. Dann ging man halbwegs befreit davon, in der Hoffnung, den Koffer irgendwann wieder zu bekommen. Damals war das so. Das schreibe ich für die jüngeren Bären und Menschen unter Euch. Die sollen ja auch was lernen aus meinen Büchern. Ich schreib hier ja nicht nur zu meinem Vergnügen. Oder für meinen Porsche.

*Seufzt.*

Nun sitzen aber plötzlich keine Menschen mehr an diesen Schaltern. Da steht nur ein Automat, der darum bittet, das verpixelte Ding auf der Bordkarte irgendwo auf sein Display zu halten. Na ja, das kriegt sie gerade noch hin. Nun wirds aber wirklich peinlich. Aus dem Automaten kommt dieser Zettel, den man am Koffer befestigen soll. Er wäre angeblich selbstklebend. Der Zettel ist lang und klebt nicht, weder selbst noch sonst wo. Ich gucke auch ratlos, aber schon kommt Hilfe durch einen Angestellten, der sich den ganzen Tag lang um ewig nicht geflogene ältere Damen mit ratlos guckenden Plüschbären kümmern muss. Mit leicht genervtem Gesichtsausdruck wickelt er den langen Zettel einfach um den Koffergriff, klebt ihn oben zusammen und legt den Koffer aufs Band.

Bei Mama bilden sich schon erste Schweißtropfen auf der Stirn. Bei mir nicht, ich habe ja weder ein Verdauungssystem noch Schweißdrüsen. Manchmal wenn es zu aufregend wird, fussel ich schon mal etwas, das ist dann aber auch das Äußerste.

*Reißt sich zusammen.*

Nun müssen wir nur noch durch die Sicherheitskontrolle, dann haben wir die größten Hürden genommen. Ich rechne bei der Durchleuchtung wieder mit dem Schlimmsten. „Kommen Sie mal mit ihrem Bären in den Sprengstoffraum, meine Dame!", dann wird mir vielleicht wieder diese merkwürdige Flüssigkeit auf meinen Bauch gestrichen. Wobei ich immer kichern muss, was nicht gut ist, weil die Sicherheitsbeamten immer sehr ernst gucken. Die mögen das gar nicht, wenn Plüschbären plötzlich unkontrolliert anfangen zu kichern. Mit dem *Auf-den-Bauch-was-drauf-streichen* testen sie, ob ich möglicherweise kiffe. Was ich mittlerweile sogar dürfte, ich bin nämlich schon über achtzehn! Also für meinen Hausgebrauch wäre das in Ordnung. Aber ich will das gar nicht, ist auch so spannend genug, mein Leben. Die Beamten wollen auch nachsehen, ob ich etwas Verbotenes in meinem Plüschbauch verstecke, das für andere Menschen oder Bären interessant sein könnte.

Aber nein! Nichts von alledem wird heute geprüft. Ich gleite lautlos und unbehelligt durch die Röntgenkontrolle. Dabei versuche ich wie immer in solchen Situationen völlig harmlos auszusehen. Das funktioniert perfekt und Mama und ich sind beide für ungefährlich befunden worden. Was mich nur wundert, Mama hat so eine Strickjacke an, die keine Knöpfe hat. An dieser Jacke hat sie eine sehr große Sicherheitsnadel, eine Art Schmuckteil, mit der kann sie die Jacke bei Bedarf schließen. Das Teil ist bestimmt fünf Zentimeter lang und extrem pieksig. Und das wird nicht beanstandet! Na ja. Sie hatte nicht vor, damit den Piloten zu bedrohen, aber das ist schon merkwürdig und ich sorge mich etwas um die Sicherheit an Bord. Der Flug verläuft problemlos, also zumindest für Mama, soweit ich das beurteilen kann. Ich liege mal wieder oben der Ablage! Sie scheint mich nicht mehr zu brauchen, sie hat keine feuchten Hände mehr bei Start und Landung.

*Weint leise.*

Manchmal denke ich so bei mir, wofür bin ich denn überhaupt noch hilfreich? Bei der Gartenarbeit bin ich auch nur beratend tätig. Die umfangreichen Renovierungsarbeiten konnte ich auch nur mit ausreichendem Sicherheitsabstand zu den eventuell fallenden Schrankteilen beaufsichtigen. Bei der Suche nach dem alten Klavier darf ich nicht helfen, weil ich nicht an den Rechner komme, um professionelle Hilfe bei den einschlägigen Dating-Apps einzufordern. Auf Flugreisen liege ich mittlerweile oben in der Ablage, sie hat keine feuchten Hände mehr bei Start und Landung. Bei Druckerproblemen kann ich auch nur mit meinen schwachen Schultern zucken.

Wofür braucht sie mich überhaupt noch? Ach Bruci, sagt sie, und knuddelt meine Nase, nachdem sie vorher dort beiläufig ein paar Fusseln entfernt hat. Bruci, du bist der wichtigste Bär in meinem Leben. Durch dich habe ich so viele tolle Menschen kennengelernt. Die hätte ich sonst niemals getroffen! Auf der Straße draußen siehst du es nämlich den Menschen nicht an, ob sie eine gute Beziehung zu ihrem Plüschtier haben und ob Interesse besteht, sich darüber mit jemandem auszutauschen.

So was geht mir durch den Plüschkopf, wenn ich da oben so liege, zwischen Laptoptaschen und Regenjacken. Aber meinen Selbstzweifeln setzt nun die glückliche Landung ein Ende. Ich werde wieder zur Kenntnis genommen und darf endlich öffentlich aus der Tasche gucken. Oh, Portugal, herrlich, es ist viel wärmer als bei uns zu Hause! Mein Granulat entspannt sich, meine Plüschseele jubelt lautlos und alle Bedenken über meinen weiteren Lebensweg schmelzen in der portugiesischen Sonne. Was für ein Satz!

*Klopft sich selber auf die schmale Schulter.*

Was die Menschen aus meiner neuen Reisegruppe so alles fotografieren. Leute, das könnt Ihr Euch nicht vorstellen! Ich habe den Eindruck, dass viele gar nicht mehr versuchen, sich irgendwas in Ruhe nur anzuschauen. Also mit den eigenen Augen, und die meisten Menschen haben noch unverschrammte Augen. Eigentlich könnten sie alles problemlos sehen, auf sich wirken lassen und dann diese Bilder im Kopf in ihren Erinnerungen ab und zu wieder hervorrufen. Aber das machen mittlerweile die wenigsten. Schwupps, ein tolles Motiv, schon halten sich alle ihr Telefon vor den Kopf.

Und nicht, dass Ihr denkt, das Ding wäre zum Telefonieren wichtig. Nein, das ist sozusagen deren ausgelagerte Speicherkarte. Da speichern sie alle Bilder, die sich nicht im Kopf haben wollen oder können. Wer weiß das schon. Vielleicht ist es in ihrem Kopf schon zu voll für so viele Bilder und neue Eindrücke?

Ein Beispiel, wir fahren mit einem sogenannten Rabelo-Boot[22] auf dem Douro. Die Fahrt geht auf dem Fluss entlang durch die sechs Brücken in Porto. Das ist eine wunderschöne Fahrt, zumal es an diesem frühen Vormittag noch sehr ruhig in der Stadt ist. Der Himmel ist bedeckt und alle, die gern fotografieren, wissen, dass bei solchen Wetterbedingungen nicht die besten Aufnahmen entstehen. Es sei denn, man fängt genau diese leicht verwunschene Stimmung geschickt ein. Wie Mama.[23] Alle anderen fotografieren sich die Seele aus dem Leib. Jede Brücke wird von ganz weit weg, von weitem, beim Näherkommen, beim Drunterherfahren von hinten, von ganz hinten und noch mal aus der Ferne aufgenommen. Das passiert nun rechnet mal mit min-

---

22 Rabelo ist der Name eines Bootstyps, der in Portugal zum Transport von Weinfässern verwendet wurde. Dabei fuhren die Boote vom Anbaugebiet am oberen Douro zu den Produktionsstätten des Portweins in Porto und Vila Nova de Gaia. Meistens trieben die Rabelos nur mit der Flussströmung, gesegelt wurde selten. Quelle: Wikipedia
23 Ich muss sie auch mal loben.

destens zweiundvierzig Mal auf dieser Fahrt. Nee, noch viel öfter, es werden auch Bilder gemacht, wenn die Brücken gleichzeitig hintereinander zu sehen sind.

Leute, Leute. Genießt doch einfach mal die Fahrt auf dem Douro im leichten, sich langsam hebenden Nebel. Für wen sollen alle diese Bilder sein? Früher, also ganz früher, als es noch Dia-Abende gab, wären spätestens nach dem zwanzigsten Brückenbild die ersten Gäste erschöpft in sich zusammengesackt. Wenn sie nicht vorher schon aus wichtigen Gründen die Einladung zum Dia-Abend bedauernd abgesagt hätten. Die Uroma feiere leider ihren 100. Geburtstag; man müsse unbedingt beim Umzug von Wem-auch-immer helfen; es gäbe gerade jetzt Tornado-Warnungen und was es alles noch so gibt an fadenscheinigen Entschuldigungen. Ja, diese Brücken waren wirklich schön, aber was sagen uns diese Aufnahmen, wenn wir wieder zu Hause sind?

Ganz hektisch wurde es dann auf dem Boot, als die Durchsage kam, die folgende Brücke wären von einem Schüler Eiffels[24] konstruiert worden. Das hättet Ihr mal sehen sollen! Da gingen aber wirklich alle Telefone hoch! Glücklicherweise sieht man mir nicht an, was ich in solchen Augenblicken denke. Da wird nun aufgeregt versucht, aber auch jede der Eiffel-Schüler-Schweißnähte an der Brücke für die Nachwelt festzuhalten.

---

24 Das ist der mit dem Turm in Paris.

So, ich steigere mich schon wieder in etwas herein, ich bitte um Nachsicht. Mama hat auch anfangs einige Fotos gemacht, dem Gruppenzwang gehorchend. Nach kurzem Kontrollblick hat sie aber die meisten Bilder schnell wieder gelöscht. Nur das eine mit der verwunschenen Nebelstimmung blieb erhalten. Die Eiffel-Schüler-Brücke einschließlich aller Schweißnähte wurde gnadenlos gelöscht.

Wenn sie jemals das Bedürfnis hätte, sich diese Brücke wieder in Erinnerung zu rufen, würde sie mal schnell im Internet nachschauen. Sollten unter meiner Leserschaft Brückenliebhaber sein, tut mir leid. Für mich ist eine Schweißnaht so schön wie die andere. Und Hauptsache, sie hält, wenn ich drüber oder drunter herfahre. Und nochmal, falls das nicht klar wurde, die Fahrt auf dem Fluss war wirklich sehr schön. Die Bilder sind warm und sicher in meinem Plüschkopf gespeichert.

Weiter gehts zu einem landestypischen Mittagessen in der sehenswerten Altstadt von Porto. Ich kann zu dieser Mahlzeit nichts sagen, nur so viel nach einem höflichen Versuch die „regionalen Spezialitäten" zu würdigen, flitzte Mama danach in die nächste Konditorei, die wahrscheinlich aus taktischen Gründen direkt neben dem Lokal lag. Ich darf das Foto nicht zeigen, aber sie beißt dabei herzhaft in die leckersten Kuchenteilchen, die Porto zu bieten hat. Das „Landestypische" war nicht so ihr Fall, abgesehen davon hat sie aber in Portugal immer sehr gut gegessen. Wie gesagt, ich kann das nicht beurteilen. Was ich durch die vertane Zeit beim „Landestypischen" in Porto nicht sehen konnte, war eine der schönsten Buchhandlungen in Europa, wenn nicht sogar der ganzen Welt! Die *Livraria Lello* wurde 1906 gegründet und im Jugendstil erbaut. Jugendstil ist, wenn nicht alles so im rechten Winkel gemacht ist, sondern mehr so weich, gerundet und nett anzusehen. So wie ich, weich, gerundet und nett anzusehen. Ich glaub, ich bin auch mehr so Jugendstil.

Besonders sehenswert muss wohl dort in der Buchhandlung die herrliche Holztreppe sein. Wenn man da oben angekommen wäre, hätte man da sehr stilvoll ein Glas Portwein trinken können, umgeben von Bärollionen von Büchern! Wenn man denn nicht seine kostbare Zeit mit dem zweifelhaften Genuss von landestypischen Gerichten vertan hätte! Und auf den Bären an seiner Seite gehört hätte, der sich mehr für Kultur interessiert. Hätte, wäre. Pah.

Ich muss da noch mal hin. Vielleicht kann ich auch allein fliegen. Für umsonst. Ist ja gar nicht so kompliziert, ich hab ja kein Gepäck, bin ungefährlich und schmuggle nichts. Einfach im Flughafen sich nett an jemanden ran kuscheln, der mich dann mitnimmt und während des Fluges ruhig oben in die Ablage legen könnte. Oder mich vielleicht sogar während des Fluges auf dem Arm behält. Ach nee. Eigentlich trau ich mich das doch nicht. Wäre aber eine gute Idee.

Wenn ich mal etwas mutiger wäre. Also eher nie.[25]

Weil die Buchhandlung so schön sein soll, stehen die Menschen aus aller Welt in einer langen Schlange davor. Vorher müssen sie sich ein Ticket im Internet oder irgendwo kaufen, um überhaupt auch nur einen Blick ins Innere zu erhaschen. Davon träumt die örtliche Buchhandlung bei mir aber nur! Wahrscheinlich braucht man für das Gläschen Portwein dort in der Buchhandlung auch noch ein Extra-Ticket. Zumindest von der Warteschlange davor habe ich ein Foto. Eine sehr freundliche junge Frau ließ mich vor sich in der Schlange posieren. Mama, das Foto muss aber unbedingt rein!

Wenn die in der Buchhandlung geahnt hätten, dass ich der fast schon sehr berühmte Schriftstellbär, Bruce Held in der Stadt bin, hätten sie mich bestimmt direkt und ohne Ticket eingelassen. Und vielleicht sogar die Holztreppe rauf getragen, unter lauten Hurra-Rufen der Menschen aus aller Welt.

Oh - Mama nimmt mir gerade den Portwein weg. Man darf ja wohl noch träumen dürfen!

Wo ich gerade beim Portwein bin. Den haben die Engländer erfunden. Aber der Reihe nach. Zuerst einmal merkten die Engländer, dass das Wetter in Portugal wesentlich an-

---

25 Überlegt diesen Absatz zu löschen, lässt ihn aber drin, wegen authentisch und so.

genehmer ist als in ihrem eigenen Land. Das sprach sich schnell herum und viele Engländer machten sich auf den Weg in den Süden. Schon seit 1387 sind die beiden Länder freundschaftlich miteinander verbunden, denn der portugiesische João, der Erste, heiratete 1387 Philippa of Lancaster, eine englische Prinzessin.

Man munkelt, das wäre eine diplomatische Heirat gewesen, denn damit wurde das bestehende Bündnis zwischen Portugal und England gesichert. Abgesehen von dieser Taktik schien die Ehe aber auch ganz glücklich gewesen zu sein, denn die beiden bekamen neun Kinder. Und die kommen ja auch nicht einfach so, da muss man sich schon ziemlich lieb haben, sagt Mama. Ich kann das nicht beurteilen, mir wird auch nicht alles erklärt. Wisst Ihr ja. Was das aber mit den unehelichen Kindern des João auf sich hatte, das konnte Mama mir auch nicht erklären. Konnte oder wollte sie nicht, wer weiß?

Ach so, der Portwein, darum ging es ja eigentlich. Die Engländer und die Portugiesen wurden sich 1373 einig, dass die einen, also die Portugiesen, an der englischen Küste den Kabeljau fischen durften, im Gegenzug durften die Engländer den Wein aus Lamego im Douro Tal beziehen.

So könnte es doch gehen auf der Welt, der eine hat das, was der andere gern hätte und umgekehrt. Und dann einigt man sich und gut ist. Zwischendurch noch ein paar diplomatische Hochzeiten, viele Kinder und alle wären zufrieden.

Meine Güte, das kann doch nicht so schwierig sein! Ich hätte einige gute Ideen für den Weltfrieden. Aber wer hört schon auf einen gutaussehenden, manchmal heldenhaften Plüschbären. Aber wieder zurück zum Portwein.

Nun gab es das Problem, dass man nicht einfach den Wein aus Portugal in Fässer abfüllen und übers Meer nach England schicken konnte. Der hätte nicht lang gehalten auf der Überfahrt und wäre verdorben. Und nun kommen die Mönche ins Spiel. Die fanden heraus, dass man mit Alkohol und Zucker den Wein haltbar und seefest machen kann. Die Mönche! So sind sie immer ne gute Idee, wenn es ums Trinken geht. Durch den recht hohen Alkohol- und Zuckergehalt wurde der Portwein nun lagerfähig und mit neunzehn bis zweiundzwanzig Prozent Alkohol ein richtiger Lustigmacher. Konnte ich schon des öfteren beobachten, Wasser trinken macht nicht so lustig, als wenn die Menschen was mit Alkohol trinken. Bei Mama ist das anders, die hat oft auch sehr lustige Ideen beim Wassertrinken.

Selbstverständlich durfte ich dann bei der Portweinverkostung dabei sein. Man will ja auch was lernen als Bär. An dieser Stelle möchte ich meine lieben Stammtischbrüder höflichst darauf hinweisen, dass man/bär Portwein aus besonderen Portweingläsern trinken sollte. Die sind so ähnlich wie Sherrygläser, aber etwas anders ist klar. Das ist immer wichtig, dass man das jeweilige Getränk aus den dazu gehörigen Gläsern trinkt. Ich weiß zwar nicht, was sonst passieren würde, aber es wird schon seinen Grund haben. Mama hat sich neulich mal getraut, Rotwein aus einem Weißweinglas zu trinken, ist nix passiert. Sie traut sich schon was, ziemlich heldenhaft. Leben am Limit.

Mama hat bei der Portweinprobe mitgemacht, die Farbe des Rot- und des Portweines bewundert, den Duft wahrgenommen und dann langsam das Zeug auf der Zunge zergehen lassen. Aber ihr fehlte doch einiges an Hintergrundwissen, um die allerfeinsten Unterschiede zu schmecken. Ich durfte nur dran schnuppern und lag danach schon fast unterm Tisch. Genau davon gibt es natürlich ein Foto.

Damit wir alle noch mehr lernen auf dieser Reise, brachte man uns am nächsten Tag in die Fischkonserven-Manufaktur Pinhãis in Matosinhos. Klingt nicht so spannend, war es aber. Man muss sich auf so was einlassen, und je weniger Erwartungen man hat, desto besser wird es dann. Umgekehrt ist es auch so, je mehr Erwartungen, um so schneller ist man enttäuscht. Alle mitgeschrieben? Sonst warte ich noch.

In die Fabrik kommt man nicht einfach so herein, schon gar nicht mit Straßenschuhen, schuppigem Haar, dreckigen Fingern und einem fusselnden, wenn auch gutaussehenden Plüschbären. Ihr ahnt es, ich musste im Bus bleiben, Mama hat mir aber hinterher alles erzählt. Nach der freundlichen

Begrüßung durch die Fischmanufaktur-Führerin[26] mussten sich alle erst mal Überzieher über die Schuhe streifen, Haarnetze aufsetzen, die Hände desinfizieren und einen weißen Kittel anziehen. Schon sahen alle gleich aus und darüber wurde viel gelacht.

In dieser Manufaktur werden Sardinen in passende Blechdosen gelegt. Klingt simpel, ist es aber nicht. Zuerst einmal wurde die Entstehungsgeschichte erzählt. Von der Wand blickten mit ernsten Mienen drei Generationen von Fisch-Manufaktur-Gründern von oben auf die Reisegruppe herab. Die blickten ehrfürchtig zu ihnen herauf und lauschten den Erklärungen der FMF.

Selbstverständlich würden nur die allerbesten Sardinen von den fähigsten Fischern zur allerbesten Zeit gefangen, um dann von den allernettesten Frauen in der Fabrik weiterverarbeitet zu werden. Es würde nur das allerbeste Olivenöl für die Sardinen verwendet.[27] Alle Abläufe werden von Hand gemacht, das ist das Besondere an dieser Verarbeitung. Die Manufaktur ist auch zu Recht stolz darauf, dass sie keinerlei Abfälle produziert, alles wird in irgendeiner Form weiterverwendet.

Davon konnte die Gruppe sich von einer Galerie aus persönlich überzeugen und den Frauen unten in der Halle bei

---

26 Im weiteren Verlauf nenne ich sie FMF!
27 Nein ich übertreibe nicht, genau so hat sie gesagt!

der Arbeit zusehen. Das war schon beeindruckend. Wer hätte sich jemals darüber Gedanken gemacht, wie die Sardinen in die Dose kommen? Damit nicht genug, das Einpacken der Dosen ist natürlich auch eine Wissenschaft für sich. Das machen dann wiederum die allergeschicktesten Frauen. Vor sich haben sie das Einpackpapier und mit flinken Händen wickeln sie es gekonnt um die Dosen, die danach fertig zum Verkauf sind. Übrigens, meine lieben österreichischen Mitlesenden, die meisten Sardinendosen werden zu Euch nach Österreich geliefert. Habe mir gerade noch einmal die Webseite der Fabrik angesehen, hej, sie haben gerade auch in Wien einen Laden eröffnet.

Nach so vielen Erklärungen und Superlativen bekamen alle unweigerlich Appetit auf Sardinen, war ja klar. Der letzte Teil der Führung endet also damit, dass jeder und jede sich selbst am Einpacken der Dosen versuchen darf. Das gelingt gut, alle sind sehr stolz und freuen sich über ihr eingepacktes Original. Die sehr klugen Sardinenmanufakturmarketingmenschen[28] haben sich nun noch etwas ganz Schlaues ausgedacht. Jeder, der möchte, kann nun seine mehr oder weniger perfekt eingepackte Dose mit seinem Namen kennzeichnen und dann später käuflich im angrenzenden Shop erwerben. Wie nicht anders zu erwarten, nahmen sich alle als Erinnerung oder als Geschenk für die sardinendosenunterversorgten Lieben zu Hause, so etwas Ein-

---

28 Ja liebe Rechtschreibprüfung, das Wort hast du noch nie gehört!

zigartiges mit nach Hause. So, liebe Marketingmenschen, nun habe ich genug Werbung für eure Manufaktur gemacht, schickt Mama ruhig ein paar Dosen.[29] Später am Flughafen hat Mama schnell ihre Sardinenunikate im Koffer verstaut, nachdem sie noch mal nachgelesen hat, was nicht ins Handgepäck darf. Darin hätte sie das wertvolle Unikat nämlich nicht mitnehmen dürfen.

Die liebevoll gemachte Führung endete im Laden der Fabrik. Vom Schlüsselanhänger bis zur Plüschsardine bekommt man hier alles. Natürlich auch Sardinen in allen möglichen Geschmacksrichtungen

Ich frage mich gerade, was das Problem einer Sardinendose im Handgepäck gewesen wäre. Vielleicht bekäme der Pilot plötzlich unbändigen Appetit auf Sardinen? Mama würde ihm aber die persönlich von ihr eingepackte Dose nicht kampflos überlassen wollen. Daraufhin würde sich der Pilot wahrscheinlich weigern weiterzufliegen. Möglicherweise käme es zu einer ungeplanten Zwischenlandung oder einem Handgemenge! Ich hätte nicht eingreifen können, weil ich oben in der Ablage liege und nicht schnell genug raus gekommen wäre, wegen der blöden Laptoptaschen und der Jacken! Mama sagt, ich soll endlich die Nase aus dem Portwein nehmen.

Nach den Veranstaltungspunkten *Wie-man-Sardinen-in-*

---

29 Die mit den Zitronen war besonders lecker!

*Dosen-quetscht* und *Probier-mal-den-Portwein*, lernen wir heute die Herstellung der Pastéis de Tentúgal. Das ist wieder was für meine Mama. Eine portugiesische Süßspeise aus Blätterteig. Ich durfte mit rein in die Manufaktur! Diesmal brauchen wir nur die Schuhüberzieher und können dann bei der Herstellung der Leckereien zugucken. Und – was sehen wir? Erst einmal nur einen großen, leeren Raum, dessen Boden mit weißen Tüchern bedeckt ist. Dann kommt ein Teig, der nur aus Mehl und Wasser besteht, den legt eine Arbeiterin auf den Boden des Raumes, und von Zeit zu Zeit zieht sie den Teig auf dem Boden immer weiter auseinander, bis er hauchdünn ist und fast den ganzen Boden bedeckt. Wenn er getrocknet ist, schneidet sie den Teig in kleine Stücke und danach wird er weiterverarbeitet.

Jetzt kommen die Nonnen ins Spiel. Eben noch hatten die Mönche die Idee mit dem Portwein, nun machen die Nonnen was Leckeres aus Eigelb. Weil die arme Bevölkerung damals die Nonnen in den Klöstern unterstützen mussten, gaben sie ihnen Eier. Denn Hühner waren am einfachsten zu halten auf dem Lande. Das Eiweiß brauchten die Nonnen zur Klärung des Weines und um damit ihre Hauben zu stärken.

Aber nun blieb natürlich sehr viel Eigelb übrig und das verwendeten sie zur Herstellung der Pastèis. Sie verrührten das Eigelb mit Zucker und füllten damit die Pastèis und backten[30] sie. Im Jahre 1810 kamen im Zuge der napo-

---

30 Buken? Sieht komisch aus.

leonischen Kriege die Franzosen nach Portugal und vertrieben die Nonnen aus ihren Klöstern. Als die armen Dinger, also die Nonnen zurückkamen, sahen sie, dass alles geplündert worden war. Was nun? Sie machten aus der Not eine Tugend und verkauften nun ihre Pastèis an vorbeifahrende Reisende in den Kutschen, im einzigen Rasthaus auf der Strecke von Coimbra nach Figuera da Foz. Also schon so eine Art von Drive-In. Nun wollten alle Reisenden auch die Pastèis haben und viele Familien des Dorfes fingen mit der Herstellung an.

Wir durften dann zugucken, wie eine alte Dame, ungefähr so alt wie meine Mama[31], die Eigelb-Zuckermasse auf den Teigstücken verteilte und für den Backofen zurecht machte. Die Dame arbeitet in der Fabrik bereits seit sie zwölf ist, wurde uns erklärt. Und auch diese Führung endete mit einer Verkostung. Als nun die Gruppe den ganzen Prozess der Herstellung gesehen und die Geschichte dahinter gehört hatte, freuten sich natürlich alle auf eines dieser berühmten Pastèis. Mama sagte, es schmeckte wirklich gut, aber die Füllung mit dem Eigelb und dem vielen Zucker lag danach allen recht schwer im Magen. Im Shop kaufte Mama dann noch Fleur de Sel. Das ist normalerweise sehr teuer, aber hier war es sehr preiswert. Hab gerade nachgelesen, es hat keinen Vorteil gegenüber herkömmlichem Salz, und der Geschmack wird sich wahrscheinlich auch nicht we-

---

31 Ich bin ganz schön mutig, oder?

sentlich unterscheiden. Na ja, wenn es sie glücklich macht.[32]

Die Reise endete in Lissabon, ich liebe diese Stadt! Und genau da lag dann auch vielleicht das Problem. Als ich in jungen Jahren zum ersten Mal in Lissabon war, hatte Mama das selber organisiert, also waren wir ohne eine Reisegruppe unterwegs und konnten die ganze Stadt in unserem eigenen Tempo erkunden. Damals waren wir im Januar dort, hier in Deutschland war es seit Wochen bitterkalt und grau gewesen. In Lissabon gab es blauen Himmel, angenehme Wärme und wenige Touristen. Das macht einen großen Unterschied, ob du mit einer Reisegruppe in großer Hitze unterwegs bist und immer nur hinter den anderen herläufst, oder ob du allein die Stadt erkundest. Das ist, als wäre man in zwei verschiedenen Städten gewesen.

Ach guck, nun habe ich gerade diesen Zettel in meinem Schuhkarton gefunden, wo ich immer Sachen sammele, die ich später noch mal gebrauchen könnte. Ich kann mich gar nicht mehr genau erinnern, aber das muss vor ziemlich langer Zeit gewesen sein, als ich mal mit Mama in Spanien war. Da hatte sie noch kein Smartphone und wir haben von einem Internetcafé aus diese Nachricht an Euch zu Facebook geschickt. Boah, *kein Smartphone* und *Internetcafé* in einem Satz, das muss wirklich schon lange her sein. Aber es ist

---

32 Es wurde dann irgendwie ziemlich feucht, das Salz. Mama hat es neulich bei Glatteis auf unsere Treppenstufen draußen gestreut.

lustig im Nachhinein zu lesen, wie ich ausgerechnet damals so viele ä`s, ö`s und ü`s gebraucht hätte. Die gab es aber auf der Tastatur in dem spanischen Internetcafè nicht. Ach ja, und die Benutzung wurde damals nach Minuten abgerechnet. Hier ist der Zettel, das habe ich Euch damals geschrieben:

¡Holà amigos!

*Ich bin hiehiiiier! Stellt Euch vor, ich bin durch die erste Kontrolle am Flughafen gekommen, ohne Probleme, aufm Arm! Dann!! Haltet euch fest! Durch die Roentgenkontrolle.*

*Mist, hier gibs keine oes, egal, also, dann nach der Roentgenkontrolle, sagt der Aufpassmann zu Mama, er muesse, Mist, gibt auch keine ues hier, also, er muesse mich jetzt entfuehren, bloed, keine ues, keine oes... egal, also, Mama und ich mit dem Aufpassmann in einen bombensicheren Raum, UND!! Streicht der mir mit so einem Laeppchen, is klar, aes gibs auch nicht, also mit dem Lappen ueber meinen Plueschbauch. Mama fragt natuerlich, (hab noch nie soviele ues gebraucht) also, sie fragt warum, sagt der Aufpassmann, er muesse pruefen, ob ich SPRENGSTOFF im Bauch haette!*

*Ich: SPRENGSTOFF! Hallo!? Ich hab nicht mal ein VS!! Aber egal, jetzt bin ich hier und es ist mal wieder ganz toll, liebe Gruesse, Euer Sprengstoffbruci![33]*

---

33 Ja, Rechtschreibprüfung, genau so soll das bleiben!

# Die Geschichte vom grauen Star

Gerade entdecke ich in Mamas Kalender eine klaffende Lücke von fünf Tagen ohne irgend einen Termin. Wow, ganz selten. Mama, lass uns nach Spanien fliegen, da ist es bestimmt noch/schon schön warm. Ach blöd, klappt nicht, genau an diesen Tagen fliegt Ryan-Bär nicht nach Alicante.

*Grummelt.*

Nun will sie auch noch ihre Augen reparieren lassen! Der Augenarzt ihres anfänglichen Misstrauens hat ihr das schon vor längerer Zeit empfohlen, dass sie da wohl demnächst was machen lassen müsse. Der freundliche Optiker deutete auch schon diskret an, dass ihre Einschränkungen beim Autofahren in der Dunkelheit wohl nicht an ihrer alten Brille liegen würden. Auch eine neue Brille mit einer anderen Sehstärke würde das Problem nicht lösen. Und überhaupt, wann sie denn wohl das letzte Mal bei einem Augenarzt gewesen wäre? Also Mama, ab zum Augenarzt.

Der hat dann wohl so graue Schleier auf ihren Augen entdeckt, und die müssen nun weg. Damit sie klarer sieht. Und diese Schleier heißen nach so einem Vogel. Mama, wie hieß der Vogel noch? Star, ach ja! Um es genau zu sagen, grauer Star. Na toll, graues Haar, grauer Star. Der Augenarzt, nun ihres Vertrauens, fand ihn lustig, also den Reim. Mama fand es nicht ganz so lustig. Aber alle in ihrer Umgebung meinten, ach, das ist nicht so schlimm, tut nicht weh und danach siehst du alles viel klarer. Sie kriegt nach dem Eingriff erst mal so eine Augenklappe wie ein Pirat, hab ich mal in einem Film gesehen. Aber der hatte auch noch zusätzlich ein Holzbein. Mama, kriegst du auch noch ein Holzbein? Ups, falsche Frage. Mich trifft ein böser Blick, aber immer noch besser als ein Tritt mit dem Holzbein.

*Duckt sich geschickt weg.*

Ich versuche in Mamas Vergrößerungsspiegel zu erkennen, ob ich auch so Schleier auf meinen Glasaugen habe. Hilfe! Da guckt mich ein riesengroßer, gefährlicher Bär an! Ach nee, der sieht eher ängstlich aus, ach, das bin ja ich! Boah, das ist aber schon sehr vergrößernd. Sehr mutig, Mama, dass du dich in diesem Spiegel angucken magst, ich meine, das vergrößert ja auch die Fal...

*Geht in Deckung.*

Oh, das war knapp. Du musst bei Frauen so aufpassen, was du sagst, ein falsches Wort und schon bist du erledigt und landest als Sonderangebot bei Ebär-Kleinanzeigen. Also gehen wir mal realistisch und ganz in Ruhe an die Sache heran.

Nach dem Eingriff an den Augen wird sie mein verzotteltes Fell viel besser erkennen können und dass ich ab und zu Sachen unter dem Sofa verstecke. Auch werde ich sie in den ersten Tagen nach dem Eingriff wohl versorgen müssen, mit Vorlesen bei Laune halten, und die schweren Hausarbeiten muss ich wahrscheinlich auch noch erledigen. Hoffentlich ist sie schnell wieder fit. Ich bin auch nur ein Bär!

*Stöhnt.*

Natürlich bin ich auch besorgt wegen der Nebenwirkungen. Die musste der Arzt ihr alle laut vorlesen, das ist Vorschrift! Also spätestens da wäre ich schreiend raus gelaufen. Meine Güte, was da alles schief gehen kann. Ich versuch mir nichts anmerken zu lassen. Ich will sie nicht unnötig beunruhigen. Aber ich mach mich auf das Schlimmste gefasst. Was ist, wenn sie hinterher gar nicht mehr gucken kann? Dann muss ich als Blindenbär für sie da sein. Hab ich auch mal im Fernsehen gesehen. Es gibt so Hunde, die werden dafür extra ausgebildet. Die müssen dann den ganzen Tag ihrem Frauchen bei allem helfen und draußen gehen sie ganz dicht an einer Leine. An der Ampel müssen sie aufpassen, dass ihr Frauchen nicht bei Rot über die Straße geht. Und sie müssen bellen, um das blinde Frauchen zu warnen! So eine Ausbildung dauert bestimmt sehr lange.

Wie soll ich das schaffen? Und angenommen, nur mal angenommen, ich melde mich in der PHS[34] für so eine Ausbildung an, dann sind da wahrscheinlich doch nur Hunde in dem Kurs! Und ich wäre der einzige Bär! Und würden mich die blinden Hunde, also die auszubildenden Hunde überhaupt akzeptieren? Denn wenn alle nach dem Kurs noch gemeinsam Gassi gehen und ein Bier trinken wollten, könnte ich doch gar nicht mit! Weil meine Mama auf mich wartet und wissen will, ob ich gut mitkomme in dem Kurs. Und dann lachen beim nächsten Treffen alle blinden Hunde über mich und sagen, ich wäre ein Mama-Bär und dann würde ich von denen gemobbt! Und was ist, wenn ich mit meinen verschrammten Glasaugen auch bald nicht mehr so gut gucken kann? Wer versorgt uns dann alle?

*Steigert sich in eine Panikattacke.*

Vielleicht sollten wir uns doch nach so einem alten Klavier, äh Kavalier umsehen. Mmh, besser wäre vielleicht doch ein jüngerer Kavalier, die sind noch nicht so reparaturanfällig. Aber das wird schwierig, Mama ist schon ziemlich alt, so was wollen die jungen Leute auch nicht den ganzen Tag um sich haben. Am besten wäre ein Gärtner, der könnte uns eine Menge Arbeit abnehmen und ich würde ihm, wenn er völlig fertig von der vielen Arbeit reinkommt und sich endlich die dreckigen Schuhe ausgezogen hat, was aus meinem bewegten Leben erzählen.

---

34 Plüschiehochschule.

Mama hat heimlich mitgelesen und schüttelt entrüstet den Kopf! Nix da, hier kommt kein Klavier, kein Kavalier und auch kein Gärtner ins Haus. Wir kriegen das alles schon hin und wenn es nicht mehr geht, dann suchen wir uns eine schicke Seniorenresidenz. Punkt. Sie seufzt, es wäre ja schon eine Hilfe, wenn die Männer, die ihr den Hof machten, auch mal den Hof machen würden. Das ist mir zu kompliziert, muss wohl irgend so ein Sprichwort aus einer anderen Zeit sein, letztes Jahrtausend wahrscheinlich.

*Fängt sich einen bösen Blick ein.*

Auf jeden Fall informiere ich mich schon mal ganz unverbindlich wegen der Ausbildung zum Blindenbär bei der PHS. Vielleicht haben die auch Kurse mit gemischten Teilnehmern, kann ja nicht sein, dass ich der einzige Bär mit diesem Problem bin.

# Vom Hausbären zum Flussbären

Vor dieser Sache mit dem grauen Vogel gehen wir erst mal wieder auf Reisen. Hurra, es ist eine Flussreise, ich liebe Flussreisen! Das ist so herrlich bequem, alles Sehenswerte fließt an dir vorbei, während du als Bär entspannt aus dem Fenster guckst. Dieses Mal geht es von Köln aus auf den Rhein und dann bei Koblenz rechts ab, also nach steuerbord in die Mosel. Die Mosel ist nicht so breit wie der Rhein, aber dafür macht sie viele Kurven, und überall am Ufer sieht man Weinberge, herrlich! Und was die Berge für lustige Namen haben. Ich konnte gar nicht so schnell mitschreiben oder überhaupt meinen Stift finden! Ein paar Namen hab ich aufgeschrieben und zu Hause in mühevoller Arbeit recherchiert, wie es wohl zu den Namen gekommen sein könnte. *Kröver Nacktarsch*, das ist wohl der Lustigste überhaupt. Man mag sich gar nicht vorstellen, in welchem Zusammenhang der Name zum Wein stehen mag. Die langweiligste Erklärung ist wohl die, dass man aus dem griechisch-lateinischen „Nectar", also Nahrung für die Götter, irgendwann den „Nacktarsch" gebildet hat.

*Gähnt gelangweilt.*

Schon etwas lustiger ist die Erklärung, dass die Kuppe des Berges bei Kröv, also da wo der Wein wächst, eine Ähnlichkeit mit dem besagten unbekleideten Körperteil aufweist. An kalten Wintertagen erfriert dort der Wein und die Blätter fallen runter, also wird die Kuppe kahl, die Weinstöcke stehen also nackig da.

Aber am besten gefällt mir die Variante, die besagte, dass ein Kellermeister aus Kröv zwei Jungen den nackten Hintern versohlt hätte, als er sie dabei erwischte, wie sie heimlich aus seinen Fässern Wein tranken.

*Hat Bilder im Kopf.*

Die Bezeichnung *Zeller Schwarze Katz* gibt mir auch zu denken. Ups, gerade kommt mir mein Freund *Alf* in den Sinn. Den kennt Ihr doch den plüschigen Außerirdischen, der aus Versehen in der Garage der Familie Tanner gelandet war? Lange Geschichte, wird manchmal im Fernsehen wiederholt, müsst Ihr mal gucken. Also der Alf, der hatte eine Vorliebe für Katzen, eigentlich wollte er sie ständig fressen. Aber die Katze der Tanners war immer schneller oder wurde jedes Mal in letzter Sekunde gerettet.

Wo war ich? Ach ja, auf meiner Event-Reise für fort-bildungswillige Plüschbären.

Laut Reiseführer hätten sich wohl Weinhändler aus Aachen im Jahre 1863 in Zell an der Mosel nach einer ausgedehnten Weinprobe nicht zwischen drei verschiedenen Fässern mit Wein entscheiden können. Da sprang plötzlich die schwarze Katze Mori des Kellermeisters auf eines der Fässer und verhinderte mit Zähnen und Krallen, dass der Weinschlauch noch einmal zum Probieren in das Fass eingeführt wurde. Die Weinhändler entschieden sich kurzerhand genau für dieses Fass. Der Erfolg gab ihnen recht. Die *Zeller Schwarze Katz* wurde der Renner bei den Weintrinkern. Die Katze bekam dafür ein Denkmal in Zell.

Hach, was für ein Zufall, bei meinen Nachforschungen sehe ich gerade, es gibt sogar einen Ort an der Mosel, der *Alf* heißt! Verrückt. Weil dort die Ortsschilder ständig gestohlen wurden wegen meines berühmten Plüschfreundes war die Gemeinde so weitsichtig, die Ortsschilder zum Kauf anzubieten. Sehr schlau, die Leute in Alf.

Ob ich vielleicht auch mal ein Denkmal irgendwo kriege, so wie die Katze in Zell oder der Bär in Bernkastel-Kues? Ich in Bronze, auf einem Marktplatz? Was müsste ich dafür tun? Also, außer gut auszusehen?

*Stellt die Frage erst mal zurück.*

Zurück zu meiner Bildungsreise. Das Thema der Reise

war, alles über Wein und Sekt direkt vor Ort von den Fachleuten zu erfahren. So was nennt man eine Event-Reise, sagt Mama. Aha, ich schreib mir das auf. Ich quengelte so lange, damit sie mich mitnimmt und drohte ihr damit, sie nach der Starensache nicht zu betreuen. Als kultivierter Bär von Welt will man auch mal ein paar Fachbegriffe aus der Önologie[35] beiläufig in Gesellschaft anbringen können.

*Sucht seine Notizen.*

Also, zuerst einmal muss man den Wein im Glas fachbärisch auf seine Farbe hin prüfen. Keine Ahnung was einem die Farbe dann sagt. Egal. Weiter. Dann muss man das Glas lässig hin und her schwenken, ups, nicht so doll!

*Wischt diskret den Weinfleck weg.*

Danach ist es wichtig, seine dicke Plüschnase vorsichtig an das Glas zu halten und zu schnuppern. Achtung, Anmerkung für die Plüschies unter Euch, möglichst nicht fusseln dabei! Die ganze Prozedur sieht gut aus, macht aber eigentlich überhaupt keinen Sinn.

Das war dann auch eine der ersten Fragen des Winzers an die Gäste. Welche Aromen nehmen Sie wahr? Oh, da kamen viel interessante Antworten der wissbegierigen und kultivierten Flussreise-Gäste. Der erfahrene Winzer nickte mit einem milden Lächeln zu den Antworten. Sie haben mit allem Recht, meinte er. In jedem Wein könne man bis zu

---

35 Weinkunde, ja das wusstet Ihr, ich aber nicht!

siebenhundert verschiedene Aromen erschnuppern. Also, da kann alles dabei sein, von A wie Ananas bis Z wie Zwetschge. Alle Aromen könne man erschnuppern oder sich zumindest vorstellen. Besonders eingebildete Fachleute würden bei der Geschmacksprobe sogar die Bodenbeschaffenheit der jeweiligen Lage herausschmecken, also den Schiefer oder das Lavagestein oder die mit biologischem Pferdemist gedüngte Hanglage auf der Südseite. So präzise wäre die Säure! So mineralisch käme der Kern zur Geltung! Solche Sätze würde man dann hören.

Ich so, hä?

Ich schnupper das nicht. Egal, weiter gehts.

Zu meiner Beruhigung fügte der leut- und weinselige Winzer hinzu, es gäbe sowieso nur zwei Geschmacksrichtungen beim Wein: Schmeckt mir oder schmeckt mir nicht.

Ha! Ich habs geahnt, genauso ist es. Dann ging es endlich ans Probieren, aber nur in winzigen Portionen. Mama wusste irgendwann nicht mehr, ob nun der erste, der mittlere oder der letzte Wein mehr ihren ungebildeten Geschmacksknospen gemundet hatte. Irgendwann nach soviel Wein wollte sie nur noch ein großes Glas frisch gezapftes Bier, ohne irgendeine Säure, das ganze mineralische Gedöns und den Pferdemist aus dem Südhang schon gar nicht! Hauptsache schön kühl und mit etwas Schaum[36]! Das hat sie aber nicht laut gesagt, das wäre mir auch sehr peinlich gewesen. Wir sind hier nicht auf einem Männerstammtisch!

*Tupft possierlich das Schnäuzchen mit der Serviette ab.*

Ich finde, diese Bewegung mit der Serviette sieht immer sehr kultiviert aus. Der Winzer erklärte auch, dass nicht unbedingt der teuerste Wein der beste sein müsse. Letztendlich entscheide der eigene Geschmack über die Qualität. Danach kamen noch mehrere Winzer an Bord des Flussschiffes und stellten ihre Erzeugnisse vor. Zu anderen Weinbauern wurden wir dann mit dem Bus auf deren Weingut gebracht. Das war spannend, dort in den Kellern die riesigen Fässer zu sehen! Solche Besichtigungen kenne ich schon aus Portugal, als ich den Portwein erschnuppern durfte. Am angenehmsten ist immer die Kühle der Keller im Vergleich zur sommerlichen Hitze draußen. Am meisten hat mich das Weingut von Roman Niewodniczanski beeindruckt.

„Roman Niewodniczanski stammt aus der Bitburger-Dynastie. Statt Bier zu brauen, hat er an der Saar im Jahr 2000 das heruntergekommene Weingut Van Volxem gekauft und zum Erfolg geführt. Diesen Sommer ist auf dem Wiltinger Schlossberg die neue Manufaktur bezogen worden, ein modernes Gebäudeensemble, geschaffen von vier Architekten aus Südtirol." Quelle: Van Volxem

---

36 Auch"Blume" genannt. *Guckt schlau.*

Gerade hab ich mir die Bewertungen dieses außerge-
wöhnlichen Weingutes noch einmal durchgelesen. Mach ich
manchmal, um zu sehen, ob ich der einzige Bär bin, der sich
mit irgendwas Kulturellem beschäftigt. Von Bären oder anderen Plüschies gab es keine Meinungen dazu, aber die
meisten Bewertungen der Menschen teilten meine und Mamas Begeisterung. Zum Wein kann ich aus den Euch bekannten Gründen nichts sagen, aber dieses moderne Weingut
liegt so wunderbar in der Landschaft, allein das ist schon
ein Genuss für die Augen. Wer da mal hin will oder zufällig
in der Nähe ist,

## WEINGUT VAN VOLXEM

Zum Schlossberg 347     54459 Wiltingen / Saar


Ich bekomme dafür nichts, aber auch gar nichts, ganz
ehrlich. Mama, wir müssen da noch mal hin und dann zeige
ich denen mein Buch mit dieser Empfehlung. Vielleicht bekommt sie dann doch noch eine gute Flasche Wein oder
Sekt.

Ja, warum die Preise für guten Wein so hoch sind, habe
ich nun auch verstanden. Viele der Familien, die bisher
Wein angebaut und vermarktet haben, finden keine Nach-
folger. Weil es sehr schwer ist, an einem steilen Weinberg
zu arbeiten. Da kann nicht alles mit Maschinen gemacht
werden, also werden die Trauben sorgfältig von Menschen

mit der Hand geerntet. Das dauert lange und ist anstrengend. Viele Lagen, so heißt das, wo der Wein wächst, werden gar nicht mehr bewirtschaftet oder das Grundstück wird verkauft. Damit lässt sich schnelleres Geld verdienen als mit dem aufwendigem Weinbau.

Außerdem können und wollen die heimischen Erzeuger die Preise der billigeren Konkurrenz aus China nicht unterbieten.

Oh, ich hatte mich so auf Bärnkastel-Kues gefreut, endlich gibt es auf der Reise auch mal was Besonderes für mich zu sehen! Der Ort ist wunderhübsch wie aus dem Bilderbuch. Besonders an einem Sonntagmorgen, wenn noch keine Touristen unterwegs sind. Irgendwie ist das immer blöd, wenn man so was schreibt, selbst sind wir doch auch Touristen! Wissbegierig wie ich bin, wollte ich selbstverständlich erfahren, woher dieser schöne Name Bärnkastel kommt. Schwupps, gegugelt, und da kam sie schon - die Erklärung.

Immerhin schon 3000 Jahre v. Chr. entdeckten Archäologen in Kues Überreste von menschlicher Besiedlung. Ich frag mich immer, woher die damals wussten, dass sie 3000 v. Chr. leben. Schwierig. Kann ich mich jetzt nicht mit beschäftigen. So wird mein Buch ja nie fertig. Also viel später, im 11. Jahrhundert, hieß Bärnkastel noch Beronis castellum Später nannten sie den Ort dann Berrincastel und er bekam die Stadtrechte. Nun kommt Boemund II ins Spiel, der wurde der Sage nach durch ein Glas Wein vom *Berncastler Docter*, also vom Wein, nicht von einem Arzt, von einer schweren Krankheit geheilt.

Diese Weine scheinen fantastisch zu sein und werden, weil sie an Steilhängen wachsen, in Handarbeit geerntet oder *gelesen*, bin ja jetzt Wein-Fachbär. Auf jeden Fall handelt es sich in dieser Gegend um die teuersten Weinberge in Deutschland. Mama, du hättest dir das alles schon mal vor der Reise durchlesen sollen, dann hättest du bei den Verkostungen auch die ganz besonders feinen Unterschiede raus geschmeckt! Das Mineralische! Die feinnervige Säure!

*Rollt mit seinen verschrammten Glasaugen.*

Von der Mosel ging es dann irgendwann wieder zurück auf den Rhein. Aber erst einmal nach steuerbord, also nach rechts, wisst Ihr ja. Ich hoffe Ihr schreibt die wichtigen Informationen immer mit. Die Loreley hab ich dieses mal an Backbord liegen gelassen. Aber es ist immer wieder lustig zu sehen, wie Menschen, die das Fräulein Lore noch nie gesehen haben, an Deck stürmen und erwartungsvoll ihre Kameras auf die Felsen richten. Was erwarten die eigentlich? Eine vollbusige, halbnackte, singende Blondine?

*Kichert albern.*

Aber mal ernsthaft. Du siehst da nur Felsen, Felsen und noch mal Felsen, und irgendwo sitzt da ne kleine Steinfrau.

Die wurde wahrscheinlich vom Tourismusbüro wegen der vielen Nachfragen und Beschwerden dahin gestellt. Ein ähnliches Schicksal teilt sie mit der kleinen Meerjungfrau in Kopenhagen, aber bei der könnte man sich ja eigentlich schon denken, dass es eine „kleine" Meerjungfrau ist. Deutlicher kann man das doch nicht ausdrücken.

Die Bremer Stadtmusikanten werden auch oft tagelang von ortsfremden Touristen gesucht. Wenn ich mal zufällig in Bremen bin, helfe ich immer gern und zeige denen die Stelle gleich neben dem Rathaus. Und schon bildet sich eine lange Schlange von Menschen, die sich alle mit den Stadtmusikanten fotografieren lassen wollen. Wenn Mama und ich keine wichtigen Termine in Bremen haben, und die haben wir eigentlich nie, dann setzt sie mich auf den Hund. Bis zum Hahn schafft sie es nicht, der ist zu weit oben und fotografiert mich. Und dann passiert es auf einmal wollen alle den gutaussehenden Plüschbären auf den Bremer Stadtmusikanten fotografieren. Schnell bildet sich eine Menschentraube und ich komme gar nicht mehr runter, alle wollen das Foto mit mir! Manchmal muss die Polizei einschreiten und die Menge auseinander treiben, weil die dann auch noch die Straßenbahnschienen blockieren. Mama sagt, ich übertreibe mal wieder maßlos und ich soll mich wieder auf mein Thema konzentrieren. Ja, du hast ja Recht.

Aber das stimmt jetzt wirklich und ist nicht übertrieben: Manchmal zeigen wir den Touristen nämlich noch das

„Bremer Loch". Das würde sonst keiner finden! Schreibt mit, das ist am Rande des Bremer Marktplatzes Richtung Dom, ein kleines unscheinbares Loch auf dem Boden, wenn du da eine Münze hereinschmeißt, ertönt entweder ein gequältes Iaaa, ein Bellen, ein Miauen oder ein Hahnenschrei. Kommt immer gut an, und wenn es erst einmal einer gefunden hat, machen alle anderen sofort mit. Und die Stadt Bremen braucht wirklich jede Münze! Der Bremer Haushalt ist wie ein Fass ohne Boden.

*Konzentriert sich.*

Aber zurück zu Fräulein Lore. Die ist kaum zu erkennen, da auf ihrem Felsen. Nur geübte und reise erfahrene, gutaussehende Plüschbären mit verschrammten Glasaugen finden sie auf Anhieb. Das Loreley-Lied aus dem Schiffslautsprecher hatte eine noch schlechtere Tonqualität als beim letzten Mal. Mama sagt, ich wäre ein undankbarer, verwöhnter kleiner Plüschbär und überhaupt! Nicht alle Plüschies hätten das Glück, auf Reisen dabei sein zu dürfen. Viele dürften zwar mit, säßen aber den ganzen Tag einsam in der Kabine, weil die Besitzer sich nicht trauen, sie in der Öffentlichkeit zu zeigen. Ja, da hat sie Recht.

*Schämt sich etwas. Guckt dankbar. Flüstert.*

Ja, ganz toll die Lorelei. Wenn auch überbewertet.

Aber nun auf nach Rüdesheim! Kenn ich auch schon von meiner Rheinflussreise vor einigen Jahren. Ich hoffe, ich habe keine Leser und Leserinnen aus Rüdesheim, deren Gefühle ich nun verletze. Aber ich muss das mal loswerden.

*Holt tief Luft.*

Die sind schon etwas merkwürdig, die Leute da in Rüdesheim, oder? War das schon immer so oder wurde das durch die Touristenströme verursacht?

*Fühlt eine leichte Mitschuld in seinem Plüschbauch.*

In einigen Läden hatte ich den Verdacht, dass man zwar geduldet ist, aber nicht wirklich willkommen. Woran liegt das nur? Kommen zu viele Menschen in dieses nette, kleine Städtchen am Rhein? Habe gerade nachgelesen, es sind wohl zwei Millionen Tagesgäste im Jahr. Wahrscheinlich nerven die Touristen auch, kann ja sein, oder sie stehlen dauernd in den Andenkengeschäften kleine Mitbringsel oder machen ständig eine von diesen asiatischen Schneekugeln kaputt. Ich weiß es nicht, wenn jemand weitere Informationen dazu oder ähnliche Erfahrungen gemacht hat, sagt mir bitte Bescheid. Kann auch anonym sein, falls er oder sie es war, der die hässlichen Schneekugeln kaputt gemacht hat. Ich wüsste nur gern, woran es liegt, dass die Verkäufer oder eigentlich ist es mehr das Aufsichtspersonal, dass die so wenig freundlich sind. Mama merkt an, durch meine Reisen in die Türkei und nach Ambärika wären meine Ansprüche an Kundenorientierung und Service ziemlich gestiegen. Es gäbe eben nicht überall Apfeltee[37] und nette Gespräche! Auch bei meinem zweiten Besuch in Rüdesheim hatte ich das gleiche merkwürdige Gefühl wie beim ersten, nämlich nur geduldet zu sein. Und ich habe in meinem ganzen Leben noch nie eine Schneekugel kaputt gemacht!

*Schwört, wenn auch ohne Daumen.*

Andererseits, wenn ich mir vorstelle, aus irgendeinem Grund würde unser kleines Dorf, in dem wir bis jetzt gemütlich und entspannt wohnen, plötzlich zu einem Place-to-be! Tolles Wort, oder? Hab ich neulich aufgeschnappt und gleich aufgeschrieben. Das bedeutet, das wäre ein Ort, an dem man/bär gewesen sein muss oder sein sollte. Oder so ähnlich.

Also erst einmal kämen vielleicht nur ein paar Infaulenzer, oh, hab mich verschrieben, Influenzer, vielleicht auch ein paar meiner Fans. Die gäben dann den genauen Standort meines Dorfes hier im friesischen Tiefland an gute Freunde weiter, so als Geheimtipp, und flüstern, aber sags nicht weiter. Das klappt nicht, und immer mehr Leute wollen sehen wo ich denn wohne. Wenn sie mich gefunden haben, spazieren sie entspannt durch das kleine, verschlafene Dorf und kriegen wahrscheinlich danach irgendwann

---

37 Beim Brillenkauf bei Fielmann erwarte ich schon lange keinen Apfeltee mehr. In der Türkei gabs zu jeder Brille mindestens drei Gläser Apfeltee!

Hunger. Menschen müssen ständig irgendwas essen, um bei Kräften zu bleiben.

Der kluge Bäcker im Dorf merkt schnell, dass sich seine Kunden verändert haben, besonders was die Kleidung betrifft. Die stehen plötzlich nicht mehr in Schlupfhosen, Gartenclogs und Raupenjacken an seinem Tresen. So ziehen sich hier viele an, auch zu Theatervorstellungen oder bei goldenen Hochzeiten. Diese Kleiderordnung passt hier überall und man fällt nicht unangenehm auf. Also macht der weitsichtige Bäcker erst mal seine Brötchen teurer. Schnell stellt er noch ein paar Tische und Stühle vor den Bäckerladen und legt billige Microfaserdecken aus China auf die kalten Stühle. Statt Filterkaffee gibt es auf einmal Kaputtschino, Latte Mackiato und irgendwas mit entrahmter Soja- oder Mandelmilch.

Unser nettes kleines Dorf-Hotel erweitert das heimelige Eiche-rustikal-Ambiente um einen Spa-Bereich und verdoppelt daraufhin die Preise. Was nichts kostet, ist auch nix. Weiß man ja. Also das wissen alle, alle außer mir und Mama. Unser bodenständiger Edeka-Einkaufsladen verzichtet spontan auf die entspannte Mittagspause und hat nun durchgehend geöffnet. Die Influenzer treffen sich dort und loben das urige Treiben auf dem angrenzenden Wochenmarkt. Der findet nun nicht mehr wöchentlich, sondern täglich statt. Und außer glücklichen Eiern und nahrhaftem Schwarzbrot sieht man plötzlich Marktstände mit Austern,

Schampus und irgendetwas aus Veganien.

Ein pfiffiger Investor baut ein mehrstöckiges Hotel, ein anderer kauft sehr günstig ein Stück Weideland und baut ein noch höheres darauf. Schon ist die herrliche Aussicht über das platte Land bis hin zur Mühle verbaut. Die Mühlenbetreiber nehmen nun Eintritt für die Besichtigung unserer größten Sehenswürdigkeit, die Tickets dafür gibt es nur noch online und sind ständig vergriffen, werden aber in dunklen Chaträumen zu Höchstpreisen gehandelt. Auf der Galerie der Mühle stehen dann die Influenzer Schlange, um ein Selfie zu machen und es in die ganze Welt zu schicken.

Der verträumte Mühlenladen erweitert sein Sortiment um batteriebetriebene, bunte Plastikmühlen und bezieht nun Honig aus China und nicht mehr aus dem Nachbarort. Gleichzeitig verliert der Laden seinen bäuerlichen Charme, aber den kennt dann eh schon keiner mehr. Ach egal, wenn kümmerts. Nur die Alten raunen[38], ach ja, damals war alles anders. Mit dem Geheimtipp ist es dann auch schon lange vorbei.  Shuttlebusse bringen die Menschen von riesigen Parkplätzen außerhalb des Dorfes auf den Marktplatz, wo schon Taschendiebe und selbst ernannte Reiseführer auf die Touristen warten, um ihnen die Bären aus der Tasche zu ziehen. Unsere zweite Sehenswürdigkeit nach der Mühle, ist unser Schloss, erbaut 1462 von Graf Gerd zu Olden-

---

38 Raunen, so ein schönes Wort, das musste ich unbedingt mal anbringen.

burg, als Trutzburg gegen die Ostfriesen. Die haben die Burg dann auch direkt kaputt gemacht, aber bis 1466 wurde sie stärker wieder aufgebaut. Den Friesen sollte angst und bange werden, beim Anblick der neuen Burg[39], soll der Graf bei der Grundsteinlegung gesagt haben. Ja, das Schloss ist schon ein Schmuckstück hier im Dorf. Aber nun würde es so richtig vermarktet werden. Im oberen Stockwerk befindet sich der Sitzungssaal der Gemeinde, der auch gleichzeitig als Trausaal genutzt wird. Das würde sich rasend schnell herumsprechen und es kämen Brautpaare aus der ganzen Welt, um sich dort trauen zu lassen. Die Warteliste wäre so lang, dass sich die ersten heiratswilligen Paare schon wieder getrennt hätten, bevor sie auch nur einen Platz auf der Liste hatten.

Andenkengeschäfte mit asiatischen Erzeugnissen besiedeln unsere schlichte Hauptstraße, die sich nun zu einer Flaniermeile gemausert hat. Batteriebetriebene Mühlen und pastellfarbene Schlösser aus Plastik wären der Renner, und die Erzeuger kämen gar nicht so schnell nach mit der Produktion.

*Wacht schweißgebadet aus einem Albtraum auf.*

War das so ähnlich bei Euch in Rüdesheim? Tschuldigung, Rüdesheim.

---

39 Daher der Ortsname, Neuenburg, ups, jetzt hab ichs verraten.

# Mama ist (m)eine Heldin!

Sie hat das mit der Augenoperation geschafft. Ich würde Euch gern darüber berichten, aber immer wenn ich das gerade aufschreiben will, wird mir so schummerig vor Augen und plümerant[40].

*Reißt sich zusammen.*

Sie hat mir nach dem Eingriff alles haarklein erzählt, aber ich konnte höchsten drei Sätze aushalten, dann musste ich mir schon wieder die Plüschohren zu halten, es ist unglaublich, was Frauen alles erleiden können! Aber ich versuchs mal mit dem Bericht, Ihr sollt ja auch was lernen. Ich schreibe ja nicht zu meinem Vergnügen. Oder für irgendwelche Porsches. Sind sowieso viel zu teuer. Und bär muss

---

40 Das Wort kommt aus dem Französischen und bezieht sich auf „sterbendes Blau", also die Farbe, die Ohnmächtige annehmen. Eigentlich auch „blümerant", aber für einen Plüschbären finde ich „plümerant" geeigneter.

ja auch an die Umwelt denken.

*Denkt an die Umwelt – wartet - bringt auch nichts.*

Also erst mal sagten alle, die so einen Eingriff auch schon hinter sich hatten, also ihre Freundinnen im gleichen Alter, ach, das wäre gar nicht so schlimm, das mit dieser Starensache. Deshalb hat sie dem Augenarzt ihres Vertrauens beim nächsten Termin tapfer „Bescheid" gesagt. Sie sollte nämlich Bescheid sagen, wenn sie das Gefühl hätte, nun bereit zu sein, dass ihr jemand ins Auge schneidet, um den Vogel daraus zu vertreiben.

*Kippelt. Holt tief Luft.*

Drei Wochen später hatte sie schon den ersten von zwei Terminen, denn es sollten ja beide Augen operiert werden. Also nacheinander, sonst wäre sie ja eine Weile völlig blind gewesen, so wie der Maulwurf. Eine hilfsbereite Nachbarin brachte sie ins Krankenhaus und nahm sie auch wieder mit zurück. Denn Autofahren war erst mal auf unbestimmte Zeit nicht erlaubt. Ich wollte nicht mit, wahrscheinlich hätte ich auch nicht mit rein gedurft, wegen Fusseln und so. Wahrscheinlich hätten sich die netten OP-Schwestern dann auch mehr um mich und um meine Kreislaufprobleme kümmern müssen als um meine heldenhafte Mama. Und alle OP-Schwestern hätten gesagt, ach ist der süß! Und wie heißt er denn? Alle hätten mich mal in den Arm genommen. Kennt man schon. Ich bin halt der Bär der Herzen. Die nachfolgenden Operationen hätten sich um Stunden verzögert oder es hätten gleich alle Termine abgesagt werden müssen. Das wäre nicht gut für die Bewertungen des Arztes im Internet gewesen. Aber ich schweife ab, zurück zu meiner heldenhaften Mutter. Zuerst einmal bekam sie eine Beruhigungspille und musste eine Weile warten, bis die Wirkung einsetzte. Dann wurden ihre Schuhe mit himmelblauen Überziehern bedeckt, ein Duschhäubchen im gleichen Stil gab es für die Haare, dazu einen Kittel ebenfalls in Himmelblau und praktischer Einheitsgröße, aber mit einem sehr schicken Bündchen am Ärmel. Das fiel ihr noch auf dieser kleine modische Akzent, bevor sie in den Ach-alles-egal-Modus verfiel. Meine Mama von Kopf bis Fuß in himmelblau, vielleicht hätte ich doch mit rein gehen sollen, so was sieht bär auch nicht alle Tage! Im Warteraum gab es kostenlose Entspannungsmusik in Endlosschleife, und zusammen mit der Beruhigungspille schwebte sie bald irgendwo zwischen Wolke drei und Wolke vier. Dann wurde sie in den Operationssaal geschoben.

Bei der Operation wird die alte Linse im Auge, also die, wo der Schleier drüber ist, mit Laser oder irgendwas zertrümmert, dann schneidet...

*rappelt sich hoch - schüttelt sich - reißt sich zusammen*

*atmet tief in den Plüschbauch.*

Tut mir leid, aber ich darf mir das nicht vorstellen! Also

weiter, ich versuchs noch mal, dann schneidet der Augenarzt den Glibber, also dieses Weiße im Auge auf und
schiebt eine ganz neue und klare Linse in das Auge. Boah,
ich habs hingekriegt.

*Klopft sich selbst auf die Schulter. Kippelt erneut.*

Mama hatte es dann auch geschafft, keine zehn Minuten
dauert so ein Eingriff für einen geübten Augenarzt. Sie bekam eine Plastikklappe auf das operierte Auge geklebt, damit sie nicht aus Versehen am Auge rum fummeln konnte.
Am nächsten Tag wurde die Klappe in der Augenarztpraxis
schon wieder abgenommen und sie sah erst mal nur Nebel.
Was im November auch nicht weiter schlimm ist, alle anderen sahen in dieser Zeit auch nicht viel mehr. Von Tag zu
Tag wurde der Nebel lichter und das war schon ein schönes
Gefühl, sagte sie.

In dieser Zeit gingen bei uns einige Kaffeebecher zu
Bruch, was nicht so toll war. Weil sie nur zweidimensional
gucken konnte. Müsst Ihr mal ausprobieren, haltet Euch
mal ein Auge zu! Und? Genau, das räumliche Sehen geht
nicht mehr. Und da greift man dann immer daneben oder
stolpert über irgendwas. Ich hab mich immer rechtzeitig in
Sicherheit gebracht, wenn sie um die Ecke taumelte.

Wir haben sehr diskret beim Aufwischen und dem Auf-
sammeln der Scherben geholfen. Wir wussten ja, das wird
alles wieder gut mit dem Gucken. Aber dann wird sie auch

vieles sehen, das wir vorher gut vor ihr verstecken konnten. Die Pläne des Bausparfuchses für den Einbau der Zwischendecken[41] z.B. Der letzte Kostenvoranschlag war einfach zu hoch, er hat das nach langen plüschaufreibenden Gesprächen eingesehen. Wir haben dann nochmal neu verhandelt. Die überarbeiteten Pläne konnte ich noch rechtzeitig unters Sofa kicken, bevor Mama wieder ihre endgültige Sehstärke erreicht hatte. Damit soll sie sich noch nicht belasten.

Den Blindenbegleitbärkurs konnte ich auch problemlos stornieren, die waren da sehr kulant, als ich denen sagte, dass sie wahrscheinlich in Zukunft auch ohne meine plüschige Hilfe zurecht kommen würde. Nach drei Wochen kam dann das zweite Auge an die Reihe, da war sie schon routinierter und hat die Operation noch schneller und auch wieder gut überstanden.

Also, wenn Eure Menschen auch so einen Vogel auf der Linse haben, sagt ihnen, tut nicht weh der Eingriff. Mama ist mittlerweile total begeistert, weil sie auf einmal sieht, dass ihre Gardinen weiß sind und nicht vergilbt, wie sie immer gedacht hatte. Überhaupt strahlt alles plötzlich für sie in kräftigen Farben. Neulich wunderte sie sich, warum sie sich jemals diesen Schal in lila Leuchtfarben gekauft hat. Sie hielt ihn bis dahin für dezentes Lila, nun könnte sie

---

41 Mit dem Einbau der Zwischendecken hier im Haus wäre es möglich gewesen, wesentlich mehr Brüder und Schwestern unterzubringen.

damit im Nebel gefahrlos über unbeleuchtete Landstraßen gehen, so intensiv ist die Farbe. Wovon ich ihr aber trotzdem dringend abgeraten habe! Denn nicht alle sehen nun so gut und klar wie sie. Die mit dem Vogel auf den Augen fahren auch weiterhin auf schlecht beleuchteten Landstraßen! Ich wollte gar nicht so viel über die Augenoperation schreiben. Aber vielleicht hilft es ja dem einen oder der anderen, der das machen lassen sollte. Ist also nicht schlimm.

Ich darf gar nicht dran denken, wie es mir ginge, wenn ich neue Glasaugen bekäme.

*Fällt weich und geräuschlos zu Boden.*

*Rappelt sich peinlich berührt wieder hoch.*

Was ich eigentlich erzählen wollte, ist die Geschichte der vier neue Brillen. Mama musste nach der Operation regelmäßig zur Kontrolle in die Augenarztpraxis und durfte auch bald wieder Autofahren. Denn ohne Auto bist du hier auf unserem Dorf wirklich aufgeschmissen. Schwierig war auch die Zeit, in der auf gar keinen Fall Wasser und Seife in das operierte Auge kommen durfte, also ungefähr zwei Wochen lang. Also nix mit, ab unter die Dusche und schnell mal die Haare waschen! Meine geneigten Leserinnen werden nachvollziehen können, was das für eine Frau bedeutet.

Ka-ta-stro-phe!

Es gab einige Tipps, wie man das Problem lösen könnte,

der langweiligste war, zum Friseur zu gehen und sich dort professionell die Haare waschen zu lassen. Der lustigste Tipp war, sich eine Taucherbrille auf die Augen zu setzen beim Haarewaschen. Sie wählte die Friseurvariante. Obwohl ich gern das mit der Taucherbrille gesehen hätte. Schade.

Die Quote der kaputten Kaffeebecher sank auch bald wieder auf ein normal verträgliches Maß. Fernsehen durfte sie von Anfang an, aber das Programm ist auf Dauer nicht so, dass man das lange aushalten könnte. Lesen, ja Lesen war anfangs kaum möglich, das war schon eine große Einschränkung. Plötzlich will man alle die Bücher lesen, die schon seit einiger Zeit auf dem Stapel der Ungelesenen liegen und alles Kleingedruckte auf irgendwelchen Bedienungsanleitungen oder Haltbarkeitsdaten!

Und - das müsst Ihr Euch vorstellen, da bekommst du als frisch operierter Patient Augentropfen verordnet, aber die Schrift auf dem Beipackzettel ist so winzig, dass du die nicht mal mit einer Lupe erkannt hättest. Geschweige denn, dass du den kindergesicherten Drehverschluss hättest öffnen können. Denkt da mal einer mit bei der Pharmaindustrie?

Eigentlich wollte ich ja von den vier Brillen berichten. Der kompetente, aber etwas wortkarge Augenarzt ahnte wohl schon Mamas Frage nach dem, Wann-endlich-wieder-Lesen-können.

„Kaufen Sie sich im Drogeriemarkt eine Lesehilfe, Stärke 2+, damit kommen Sie gut zurecht. Nach ungefähr sechs Wochen prüfen wir dann, ob sie eine neue Brille brauchen. Dann ist der Heilungsprozess vollständig abgeschlossen."

Ha, guter Tipp. Und auch gut, dass die freundliche Nachbarin sie auch mit in den Drogeriemarkt begleitet hat. Denn versucht mal ohne Brille am Lesehilfedrehständer die geeignete Lesehilfe zu finden. Die Dinger sind sehr preiswert und wenn sogar der Augenarzt sie empfiehlt, da greift man doch beherzt zu. Meine Mama sucht sich also mit nachbarschaftlich-freundlicher Unterstützung gleich vier von den Dingern aus. Alle in Sehstärke 2+, aber in verschiedenen Farben. Shoppen bis der Augenarzt kommt.

Die sich sorgenden Kinder erkundigten sich indessen nach dem mütterlichen Genesungsstand und zeigten sich irritiert über die Anzahl der neuen Lesehilfen.

„Du hast nun Lesehilfen in vier verschiedenen Stärken Mutter?"

„Nein, ich habe nun für jeden Raum eine Brille!" Das wäre ein guter Plan gewesen. Wäre! Da sie die Dinger nur fürs Lesen brauchte, in der Ferne konnte sie alles sehr gut und glasklar erkennen, auch den Staub. Aber das ist nun eine ganz andere Geschichte. Sie braucht die Brillen nur fürs Lesen, also setzt sie die Brillen nach dem Lesen immer wieder ab. Da sie für jeden Raum eine Brille hat, sollte sie also die Brille dann auch in dem Raum lassen, in den sie gehört. Könnt Ihr folgen? Gut, sonst immer fragen! Das klappt nicht, mit dem Immer-wieder-dahin-zurück-legen. Denn entweder

legt sie die Lesebrille irgendwo hin,

oder steckt sie in die Handtasche,

oder legt sie im Auto auf die Ablage,

oder legt sie im Garten auf den Tisch,

oder legt sie irgendwo in der Garage hin.

Ich sage Euch, das ist schon richtig lustig hier. Ich konnte gar nicht so schnell mitschreiben bei all den verschiedenen Variationen! Also die Theorie mit den vier Brillen für jeden Raum eine war ja im Ansatz genial. Leider kam dann wie so oft und störend die Praxis dazwischen.

Entweder hatte sie zwei Brillen in einem Raum, dafür aber keine da, wo sie die gerade so dringend gebraucht hätte. Und sie erinnerte sich nicht, in welchem Raum sie das Ding zuletzt gesehen hatte. Lustig war auch, als sie drei Brillen in einem Raum hatte und eine im Kleiderschrank in einer Manteltasche. Oder eine Brille hatte sie in der Handtasche, eine im Auto, aber keine wo wieder eine gerade dringend gebraucht wurde. Oder neulich beim Einkaufen, keine Brille in der Handtasche, keine Brille im Haar, keine Brille in der Manteltasche, also muss man die Verkäuferin fragen, ist das der Joghurt mit dem 3,5 % Fettanteil? Oder eine Brille hat sie schon auf dem Kopf, die zweite Brille versucht sie noch dazu zu stecken, merkt aber, oh, da ist ja schon eine.

*Kichert möglichst leise.*

Leute, Leute, ich kann Euch sagen, solche Geschichten kannst du dir als Bär gar nicht ausdenken, ich brauchte nur noch mitzuschreiben.

*Sucht seinen Stift. Findet einen hinterm Plüschohr.*

Wir sind alle froh, wenn sie bald wieder eine endgültige Brille bekommt, also eine, die sie morgens aufsetzt und abends wieder absetzt. Dann haben wir nicht mehr so viel zu lachen, aber was solls. Hier wurde es noch nie langweilig.

Nachtrag: Heute hat sie eine der Lesehilfen verloren. Sie war an der Nordsee, es war ziemlich kalt und sie zog sich die Kapuze auf den Kopf. War eine gute Idee bei der Kälte, aber die Brille, die sie mal wieder im Haar hatte, nutzte die Gelegenheit beim Absetzen der Kapuze zur Flucht. Da waren es nur noch drei.

## Das neue Auto spricht

Wie Ihr wisst oder vielleicht schon vermutet habt, auch wegen des alten Klaviers und so, Mama ist im letzten Jahrtausend geboren worden.

*Guckt sich vorsichtig um, ob er das schreiben darf.*

Ja, sie nickt, sie hat damit kein Problem. Was wollte ich sagen, ach ja, wegen der auftretenden Einschränkungen mit zunehmendem Alter. Nach der erfolgreichen Wiederherstellung ihrer Sehkraft merkt sie, dass sie beim Autofahren nicht mehr ganz so weit nach hinten schauen kann, wie es beim Rückwärtsfahren sinnvoll wäre. Aber, und das hat sie schon mal gesehen, dafür gibt es Kameras im Auto, die nach hinten gucken können und das Bild vorn auf einem Monitor anzeigen. Wahnsinn! So etwas braucht sie! Also wird beim Autohändler ihres Vertrauens ein neues Auto bestellt. Mit Rückfahrkamera. Was das neue Auto aber noch alles kann, damit hat sie nicht gerechnet.

Wusstet Ihr, dass Autos mit uns sprechen können? Ich nicht, weil mir ja nie einer mal irgendwas erklärt. Was wohl mein Porsche für eine Stimme hätte? Ich bin sicher, es wäre eine tiefe, männliche Stimme, so wie die, die ich gern hätte. Ich spreche meist sehr leise. Na ja, was solls, bär kann nicht alles haben. Aber zurück zu unserem neuen Auto.

Mama wusste das mit dem Sprechen auch nicht. Bisher sprachen unsere Autos jedenfalls nicht mit uns. Manchmal kam ein zarter Piepton, wenn das Autogas zur Neige ging oder das Licht noch an war beim Aussteigen, aber das wars auch schon. Und nun das! Und wie meistens kann ich ihr dabei auch nicht erklärend zur Seite stehen. Früher, also ganz früher, gab es ja für alles noch so ein dickes Erklärbuch in fünfundzwanzig Sprachen.[42] In diesen Erklärbüchern, Mama sagt gerade, das waren Bedienungsanleitungen, aha, schreib ich mir gleich auf. Wenn man in diesen dicken Heften endlich seine eigene Sprache gefunden hatte, stand da alles drin, was man hätte wissen können, wenn man früh genug hineingeschaut hätte. Diese Zeit nehmen sich aber die wenigsten, die meisten gucken erst rein, wenn sie überhaupt nicht mehr weiterkommen. Und dann stecken sie irgendeinen Stecker in die nächste Steckdose, oder was es sonst so an hilfreichen Tipps gibt und wie von Zauberhand funktioniert plötzlich alles. Mama sammelt alle Bedienungs-

---

42 Sprachen aus Ländern, die man auf keiner Weltkugel findet!

anleitungen in einer Schublade, einmal im Jahr sortiert sie dann diejenigen aus, deren Geräte uns schon verlassen haben. Nein, ich erzähle jetzt nicht noch mal die Geschichte unseres unglückseligen Waffeleisens.

Der freundliche Autohändler erklärt meiner lieben Mama also alle wichtigen Dinge, die sie wissen muss. Oder von denen er glaubt, dass sie sie wissen müsste. Alles Überflüssige lässt er schon mal weg. Das wird sich bald rächen. Aber ich greife vor.

Was ist wichtig? Natürlich, wie man ins Auto reinkommt, wie man es startet, mit einem Schlüssel, ha, prima! Das ist nach meines lieben Mütterlein Geschmack. Hübscher Satz, oder? Irgendwann stand hier mal ein Auto, das wusste, wann der Fahrer oder die Fahrerin kommt und machte schon mal die Tür auf und das Licht an. Ganz ohne Schloss und Schlüssel in irgendwas reinzustecken. Furchtbar, das mochten wir gar nicht und zwar aus folgendem Grund.

Eine Besucherin kam mal nicht mehr in ihr Auto, weil sie das Aufmachautomatikdings in ihrer Jacke hatte, und die lag auf dem Rücksitz ihres Autos. Als sie sich von ihrem Wagen entfernte, schloss der sich und ging auch nicht mehr auf, auch nicht durch gutes Zureden. Spracherkennung wäre da nützlich gewesen, gabs aber noch nicht.[43] Ich bins, mach mal die Tür auf und Radio und Sitzheizung an!

---

43 Hej, gute Idee, will das mal einer erfinden?

Nüscht. Da konnte nur noch der freundliche Herr von der Tankstelle helfen, mit einem Brecheisen. Also mehr so analog. Analog geht immer.

Als bei unserem neuen Auto nun geklärt war, wie Mama hineinkommt, wie es startet, wo das Licht und das Radio angehen, war das für sie genug an Erklärungen. Sie fuhr nun vorsichtig mit dem funkelnagelneuen Auto vom Hof des Autohändlers, um sich aneinander zu gewöhnen. Wir sind immer froh, wenn die erste kleine Schramme dran ist, dann fährt es sich viel entspannter. Der umsichtige Autohändler empfahl, möglichst bald zur Tankstelle zu fahren, aber sie fuhr lieber erst einmal nach Hause. Das klappte prima, keiner kam zu Schaden. Nun denn, dreimal durch geschnauft und auf zur Tankstelle. Rückwärts wieder von der Einfahrt zu fahren, wäre der nächste Schritt gewesen. Rückwärts – mmh, der Neue hat eine Gangschaltung, alle Gänge sind aufgemalt auf dem Schalthebel. Oh, er hat sogar sechs Gänge! Egal, nun erst mal rückwärtsfahren. Aber wie funktioniert das? Das Bild sagt, nach links, dann nach oben. Kupplung treten, ist klar. Macht sie. Nüscht. Sie drückt den Hebel nach unten, dann nach links, dann nach oben. Nüscht. Tja, nun werden wir wohl für immer in unserer Einfahrt stehen bleiben müssen. Schade, so ein schönes Auto, fährt aber nur geradeaus.

Nun komme ich zu den Bedienungsanleitungen! Gibts aber nicht. Fehlanzeige, das schmale Bändchen im Handschuhfach[44] erklärt nur in winzigen Schwarzweißbildern die Funktion der fünfzehn Hebel am Lenkrad. Und wie man eine Glühbirne auswechseln könnte, das aber auf zehn Seiten. Mit dem Birnen-Problem würde sie sowieso in die Werkstatt fahren.

Es gibt keine Anleitung zum Rückwärtsfahren im Erklärbuch. Da hat sie eine Idee, der freundliche Autohändler hatte Mamas Smartphone schon mit dem Auto verbunden, wahrscheinlich weil er wusste, dass sie das auf die Schnelle nicht hinkriegen würde oder auch keine Veranlassung dazu sah. Jetzt kommts! Sie klickt auf dem großen Monitor vorn im Auto die Nummer des Autohauses an und da passiert es. Das Auto spricht! Sie konnte einfach so ins Auto hinein sprechen und ihr Problem schildern. Einfach so, ohne eine Nummer zu wählen, ohne irgendeinen Hörer abzunehmen, ohne in irgendwas hinein zusprechen! Das Auto sagte, sie solle einfach nur den Hebel der Gangschaltung anheben und dann in die gewünschte Position bringen, schwupps würde der Wagen rückwärtsfahren. Zauberei, es funktionierte. Ich kann mir vorstellen, wie nun einige von Euch grinsen, weil sie all das schon lange wussten.

Alle weiteren Erklärungen zu ihrem Neuen würde meine Mama über den QR-Code am Ende des schmalen Erklärbüchleins bekommen. Dafür muss sie zuerst ihr Smartphone

---

44 Legt eigentlich noch irgend jemand Handschuhe in dieses Handschuhfach?

auf dieses Pixel-Ding halten und dann nach der Erklärung suchen. Ok, werden wir mal an einem langen Winterabend ausprobieren. Mama und ich sind mehr so haptische Typen, also wir verstehen vieles besser, wenn wir es angucken und anfassen können. Neulich sagte das Auto, eine Freundin hätte ein Foto geschickt, ob sie antworten wolle. Sie war verwirrt und sagte spontan, nein! Ist das nicht unglaublich? Wenn das Auto mal nicht spricht, schreibt es uns auch kleine Nachrichten. „Vergessen Sie Ihr Telefon nicht im Auto." „Ihr Telefon hat nur noch wenig Akkuleistung." „Schalten Sie die Gänge schneller." Das Auto merkt auch, wenn es regnet und macht ganz von allein den Scheibenwischer an. Und das ist erst der Anfang unserer Erkundungen. Es könne auch Verkehrsschilder erkennen und sich von allein an das richtige Tempo halten, sagte der freundliche Autohändler. Leute, ich bin fix und fertsch. Wer weiß, was es noch alles kann.

Bei uns hier auf dem Lande dauert es sowieso immer etwas länger, bis wir die neuesten Trends erkennen. Und noch länger dauert es, bis wir sie dann auch verstehen. Und am längsten dauert es, bis wir sie dann auch anwenden. Dann sind sie auch meistens schon wieder veraltet.

Nachtrag: Bei einer recht langen Fahrt nach Köln kam nach drei Stunden ein wirklich nett gemeinter Hinweis des besorgten Autos, sie solle doch ruhig einmal eine Pause einlegen. Hätte sie auch gemacht, aber eine Viertelstunde später war sie sowieso schon am Ziel. War aber nett gemeint. Danke Auto.

Hier im Norden haben wir Landstraßen, die durch den moorigen Untergrund dadurch etwas wellig werden. Das Auto bemerkte neulich die unruhige Fahrweise, piepte aufgeregt und schickte die Warnung: „Kontrolle behalten!" Also, wenn sie aus anderen Gründen Schlangenlinien gefahren wäre, hätte der Hinweis wirklich seine Berechtigung gehabt, aber Mama würde niemals fahren, wenn sie auch nur ein Mon-Scherie gegessen hätte. Ehrlich.

Aber, das Allerallertollste ist das mit der Musik! Das könnt Ihr Euch nicht vorstellen. Doch, sagt Mama, weil wir hier die Letzten sind, die so was haben. Bei der Einführung in die Geheimnisse ihres neuen Wagens hatte Mama in ihrer Schlichtheit nach dem CD-Player gefragt. Der freundliche Autohändler lächelte noch milder als ohnehin schon und erklärte ihr, dass so was wie ein CD-Player mittlerweile *retro* sei und gar nicht mehr nötig. Denn mittlerweile könne man sich Musik einfach so herunterladen. Mama verzichtete auf weitere Fragen, um sich dann später diskret im geschützten Familienkreis nach dem neuesten Stand der Technik zu erkundigen.

Aus zuverlässiger Quelle[45] erfuhren wir dann, dass es möglich wäre, Musik im Auto zu hören, die wir uns selbst

---

45 Danke Isabel! Danke Jasmin!

aussuchen könnten! Sogar Geschichten könne man sich an-
hören! Geduldig erklärte man ihr dann, wie diese Zauber-
technik für sie funktionieren würde, in einfacher Sprache
also. Und es klappte! Nun kann sie im Auto ihren Musik-
wunsch laut aussprechen und eine unsichtbare Zauberin
sucht die entsprechende Platte aus einem Plattenschrank
und legt sie auf. Und nicht nur das, nachdem die Zauberin
von Mamas Geburtsdatum Kenntnis bekam, wusste sie
schon, was Mama gern hören würde. Ist das nicht unglaublich? Mama kam aus dem Staunen nicht mehr heraus. Alle
ihre Lieblingslieder wurden gespielt, alle! Einmal wusste sie
nur eine Zeile aus einem Lied, das sie so gerne hörte, aber
der Titel fiel ihr nicht ein. Die eine Zeile reichte der Zauberin, um ihr genau dieses Lied vorzuspielen.

*Ist sprachlos.*

...

# Ein berühmter Kater

Kennt Ihr Gordon? Ja, der Kater, dieser übergewichtige schwarze Kater! Der ist nur dadurch berühmt geworden, weil er tagtäglich hier im Nachbardorf in der Sparkassengeschäftsstelle auf einem Stuhl sitzt.

Ja, so hab ich auch geguckt, als ich davon erfuhr. Erst war es nur ein kleiner Artikel in der Zeitung. Ein paar Tage später landete er schon auf der Titelseite! Mit Foto! Mittlerweile sind sogar schon einige Fernsehsender auf ihn aufmerksam geworden. Interviews lehnte er bisher ab. [46]

Hallo? Schreibt der vielleicht Bücher? Was kann der denn besonderes? Nichts! Er geht einfach jeden Morgen zur Sparkasse, setzt sich da auf „seinen" Stuhl und guckt zu, wie Leute Geld abheben oder Kontoauszüge drucken las-

---

46 Ich gebe ständig Interviews! Manchmal. Einmal. Hab ich doch, oder?

sen. Das kann doch nicht wahr sein, dass man durch absolutes Nichtstun so berühmt wird! Mama nickt nachdenklich.

Meine plüschigen Freunde und ich arbeiten jeden Tag bis zu unserer individuellen Belastungsgrenze und damit einhergehendem Plüschverlust daran, den Weltfrieden zu schaffen! Und dieser Gordon sitzt einfach nur da und betrachtet die überschaubare Welt der dörflichen Finanzgeschäfte.

Ich würde mich nicht für ein paar lächerliche Überschriften in Tageszeitungen tagtäglich in irgendeine Sparkassenfiliale setzen. Ich bleibe der Bär im Haus.


So, das musste ich nochmal loswerden, bevor ich hier meine Leute ans Korrekturlesen und Überarbeiten lasse. Das kann ich nicht auch noch alles schaffen.

Bleibt zuversichtlich,

Euer Bruce

***


Mein bärzlicher Dank fürs Korrekturlesen geht auch dieses Mal wieder an Frank. Alle Fehler, die Ihr noch findet habe ich erst nachträglich eingebaut.

## Diese Bücher sind bisher erschienen:

## (2022 Neuauflage) Ein Bär erobert die Welt!

**ISBN 9783754337127**

Bruce, der Held der Geschichte, wird in China genäht. Seine Erinnerungen an diesen Tag verblassen bereits. Genau wie sein Fell, das durch das Waschen schon viel von seinem jugendlichen Glanz verloren hat. Er erzählt von seiner beschwerlichen Reise im Containerschiff nach Hamburg. Die Trennung von seinen Brüdern ist ein traumatisches Erlebnis. Zum ersten Mal darf er mit in den Urlaub, nach Mallorca. Fliegen! Wie das gehen soll, hat ihm keiner erklärt. Auch nicht, warum er dreimal durch die Röntgenkontrolle am Flughafen muss.

## (2016) Ein Bär schreibt mit!

**ISBN 9783839147535**

Vor komplizierten spanischen Fahrkartenautomaten, in polnischen Hotelfahrstühlen, in marokkanischen Reisebussen, in verwirrenden dänischen Eisdielen, bei freundlichen türkischen Apothekern, immer hat Bruce sein Notizbuch dabei, um sich sofort alles Wichtige zu notieren. Selbst nach anstrengenden Reisen nimmt er sich noch Zeit, um über das Familienleben der Kellerasseln in seinem Garten nachzudenken.

# (2018) Bruce – Held ohne Hose

**ISBN 9783748109839**

Helden brauchen keine Hosen und Bruce schon gar nicht. Er begleitet seine felllosen Menschen auf ihren Reisen und notiert sich dabei alles, was ihm auffällt. Um darüber später in Ruhe noch gründlich nachzudenken, oder sich mit dem Schreiben zuhause erfolgreich vor dem Blätter harken zu drücken.

Mit dem Verkauf seiner Bücher möchte er reich und erfolgreich werden und sich bald einen Porsche kaufen. Wieso Frauen für das Kofferpacken soviel Zeit brauchen bleibt ihm ebenso rätselhaft, wie das plötzliche Verschwinden einer ganzen Stunde in Bulgarien. Im spanischen Bergland erlebt er mitten in der Nacht die aufregendsten Stunden seines Bärenlebens. Aber es bleibt ihm keine Zeit zum Erholen. Mit einem geschenkten Gaul geht es nach Prag und in Ungarn begeistert er sich für Pferde, Paprika, die Puszta und natürlich Piroschka.

## (2020) Bruce Held – Rezept gegen Fernweh

### Lesen statt Reisen

ISBN 9783752669831

Bruce begleitet seit Jahren seine Menschen auf ihren Reisen und notiert sich dabei alles in seinem Notizbuch. Der Verdacht liegt jedoch nahe, dass er sich mit dem Bücherschreiben nur vor dem alljährlichen Blätterharken im Herbst drücken will. Um Ausreden ist er nie verlegen.

Warum er gerade nicht von der Brücke in Mostar springen möchte, kann er überzeugend begründen. Auch über den tieferen Sinn von Fernsehsendungen zum Thema Heiraten und Brautkleider, macht er sich wie immer viele Gedanken, kommt aber zu keinem Ergebnis.

Sein Rezept gegen Fernweh ist jedoch einfach umzusetzen und kann vielen Menschen in diesen Tagen[47] helfen!

---

47 Zur Zeit der Corona Pandemie.

## (2022) Bruce Held – Ein Schloss am Meer

ISBN 9783756869756

Wie in jedem Herbst gelingt es Bruce auch dieses Mal, sich erfolgreich vor dem Blätter harken zu drücken.

Im ersten Jahr mit Carola (Corona) hat sich einiges zu Hause verändert. Am Heiligen Nachmittag fordern ihn nackte Frauen plötzlich auf, sie unbedingt anzurufen! Wie immer erklärt ihm keiner, warum er das nicht darf.

Endlich wieder auf Reisen! Bruce genießt den Rhein und die Donau auf Flussreisen. Die Stadtführungen sind interessant, aber Bruce kann sich die vielen Informationen nicht merken. Menschen an Bord zu beobachten ist viel spannender.

Das größte Abenteuer seines Bärenlebens steht ihm aber noch bevor. Beinahe geht er für immer verloren! Nur für Bären mit Drahtseilnerven geeignet.

Im Schloss am Meer macht Bruce ganz neue Erfahrungen, die seine Plüschseele sehr bewegen.